文春文庫

老兵の進軍ラッパ

佐藤愛子

老兵の進軍ラッパ　目次

老兵の進軍ラッパ

ラッパ吹く前に

いやもう、この世の移り変りの目ざましいこと。この五十年間の日本人の変りようは価値観だけでなく感性にも及んでしまった。大正十二年生れ、八十を越えた私のいい分など、一所懸命になればなるほど空《くう》を斬るばかりである。

「老兵は死なず消えゆくのみ」、と去り際にいったマッカーサーの言葉を（といっても、知っている人より知らない人の方が今は多いにちがいないが）しみじみ嚙みしめる今日この頃なのである。

そう思いながら「老兵は死なず」どころか、進軍ラッパを吹き鳴らす気になってしまったのは、ひとえに「ゆうゆう」副編集長川良《かわら》女史の励ましによるもので、

「もうわたしなんぞの出る幕やおませんん。この頃の若い芸妓《げいこ》ときたら行儀作法

は知らん、三味線もよう弾かん、踊りもあかん。お客さんと話も合せられんのが、ただ若いというだけで一人前の芸妓で通りますのや。それ見てるとアホらしいやら情けないやら、もうお座敷へ出る気はのうなりました……」

といいながら、お呼びがかかると鏡台の前に坐《すわ》って化粧を始める老芸者のように、原稿用紙を広げてしまう。

だが、このラッパ、もしかしたら錆びついて掠《かす》れ掠れ、聞き苦しくただうるさいだけかもしれないのである。どうかご覚悟を。

さて、話は四十二年ばかり昔に遡《さかのぼ》る。昭和三十八年の「婦人公論」に「再婚自由化時代」という短文が掲載されているが、それは私が漸《ようや》くポツリポツリとだが商業誌に小説を掲載してもらえるようになった頃に依頼を受けて書いたエッセイである。私は四十歳だった。

「再婚自由化時代」というタイトルは編集部がつけ直したもので、私がつけたタイトルは「離婚者の胸に勲章を」だったと思う。今ならば往来やら電車の中やらあっちにもこっちにも勲章を下げている女性を見かけることになるだろうが、その頃離婚というのは「女の恥」「大きな不幸」だった。その上に女が自活することは不可能に近かったから、泣きの涙で離婚を思い止《とど》まる人が多かったのだ。

その文中、私はこんなことを書いている。

「わが国には〈出もどり〉という言葉がある。それから〈嫁《ゆ》きおくれ〉という言葉がある。それからまた〈二度目〉という表現もある。この三つの言葉はそれぞれに、女はかくあるべしという観念から批判的なニュアンスをこめて作られている。その証拠にそれらの言葉を口にする時、人は必ず声を潜めるのだ。

『あの方、二度目ですって……』

（中略）

それからこんな言葉がつけ加えられる。

『でもほかへいわないでね』

『ここだけの話よ』

まるでそれらのことが、その人のどうにもならない人間的な欠陥であるかのように、そういうのだ」（中略）

「わが国には〈ガンバリ〉に対する非常に強い讃美の精神がある。子供を抱えた未亡人が、手内職で一家を支えたという話は、文句なしに人を感激させる。だが子供を捨てて再婚した女は、冷やかな身勝手者として批判され易い。しかしそのどちらが善い悪いということはいえないと同様に、どちらがガンバリの勇気に欠けているかということだっていちがいにはいえないのである。現状を自分の力で壊すということは本当に勇気の要ることなのだ。どんなに苦痛に満ちた生活も、連続している間はまだ耐え易いものである。苦しいながらも惰性が前へと進めてくれるからだ。最も大きな苦痛というものは耐え忍ぶことよりもむしろ〈断ち切る〉ことにあると私は思う。それによって人を傷つけ、また自分も傷つくことの苦痛を踏み越えなければならないからだ」

そうして更にこう書いている。

「忍耐だけで成立っている結婚生活をしているよりは、別れた方がよい。別れて一人で無理な頑張りようをしているよりは再婚した方がよい。(中略) 再婚に失敗すれば三度目をやればよい。三度目に失敗すれば四度目をやればよい。……」

女性に向けて社会が開かれていない時代、働いて報酬を得ることの出来ない時代（自立するべきそんな教育を受けていない）は、何度でも結婚して幸福を摑《つか》むしかなかったのだ。

何という哀れな、と今の若い女性には同情されるだろう。今思うと違和感を通り越して呆気《あっけ》にとられるような主張である。だが私は世間の思惑に捉われて涙と共に忍従している仲間を励まそうと一所懸命だった。そしてその当時はそれが因襲に立ち向う「新しい考え方」として歓迎され、中には勇気づけられた人もいたのである。

その頃から更に遡ること十四年。昭和二十四年、二十六歳の私はモルヒネ中毒の夫に絶望し、この男と一緒にいては共に滅びてしまうことになると考え、家を出る決意をした。五歳と二歳の子供を婚家先に置いて、である。

幸い婚家先は裕福な医院だったから、この先どうなるか皆目わからない私が、二人の子供を連れて出るよりも（たとえ父親は頼りにならなくても）祖父母、叔父叔母のもと、愛情深い人たちに囲まれて豊かに育つ方が子供にとっては幸せではないかと考えたのだ。

その後、私は作家になろうと決心して、文学の勉強を始めたのだが、その頃私の事情を知った文学仲間の男性からこんな述懐を聞いた。

彼は母一人子一人の貧しい境遇に育った人で、お父さんは彼が三歳の時に亡くなった。以来お母さんは女手ひとつで苦労に苦労を重ねて彼を育て上げてくれたのだが、しかし彼は私にこういった。

「なにがいやだといって、おふくろが二言目には、『お前のために、お前のために』ということほどいやなことはなかったですよ。再婚の話もあったけれど、お前のために断ったとか、物見遊山も芝居映画、なにひとつ行ったことがなかったとか、貧乏のどん底の頃はお前だけに食べさせて自分は出がらしのお茶を飲んでたとか……それをくり返しくり返し、クドクドいわれると、それがオレのせいか、って怒鳴りたくなったもんです」

しかしお母さんがそんな愚痴をこぼすのも、成長した息子が暮らしを安定させ、「お母さん、昔はぼくのために苦労させたけれど、これからは精いっぱい親孝行するからね」とでもいえばそれですむことなんじゃないの、と私はにくまれ口を利き、彼は、「いや、それをいわないで下さい、わかってるんだから」と苦笑し、「しかし、いう気がしないんだよ。悪いと思うんだけど」といった。お互い、誰からも認めてもらえない小説をせっせと書いて、原稿用紙を無駄にしていた頃のことである。

それは後になって、「何のための人生だったのか。自分は子供のために人生を棒にふった」と愚痴をこぼさないような生き方をした方がいい、というアドヴァイスだった。当時はそんな現実に直面した女性は、子供のために自分の欲望や自由を犠牲にするのが当然のことだったのである。

夫の母は家を出た私のことをこういったそうだ。

「犬や猫でさえも我が子を守るのに必死になるものやのに、あの人はまあ……」

私はそれを私に伝えた人にいい返した。

「私は犬猫じゃない。人間です。人間だからこうするのです！　そう伝えてください。あの人たちに！」

今から思うとなにもそう興奮することはなかったと思うが、興奮しなければ前に進めなかった。興奮によって私は子供を捨てる力を絞り出したのだ。一文の金も手に出来ず、嫁入りの支度一切を置いたまま縁を切った。

「なぜ今頃こんな昔の話を持ち出したかというと、今の若いお母さん、奥さんたちに日本にもそんな時代があり、それはそう大昔のことではなく、あなた方の先輩、お母さん、おばあさんたちが耐えに耐えてきた歳月があなた方の背後に連らなっているのだということを知ってもらいたい——いや、知らなければならないと思うからです。

私たちは女を束縛するもろもろの観念にがんじがらめになって、何も考えず、いわず、動かず、じっと耐えるしかなかった。それが日本の〝女の歴史〟だった……」

知り合いの女子学生にそんなことを話していると、

「わかりません。なぜ何もいおうとしなかったのか。主張することがなぜいけないのか。なぜです？」

と女子学生は遮った。

「なぜです、といわれても……」

私は言葉に詰りつつ、

「とにかく、そういう時代だったんですよ」

「主体性を持たなかったんですね？」

「主体性！」

思わずおうむ返しにいい、そんな言葉があの頃、あっただろうか？　と考えた。少くとも私は知らなかった。いや、なかった……。

「なかった？　そんな……」

女子学生は賢こそうに光る目を瞠《みは》っていった。

「なかったってことはないと思いますけど」

あったかもしれないけど、私は聞いたことも読んだこともなかった。もしかしたら主体性という言葉は無意味というよりも、危険な言葉として人の耳目に触れないよう遠ざけられていたのかもしれない。

「信じられません……信じらんない」

そういって彼女が帰って行った後、私は改めて思った。

「けれどその代り、いいですか、その代り、私たちは我慢の力を持っています……」

そういってやればよかったと思った。私のようになりふり構わず束縛を断ち切って自分のために生きようとした我儘者《わがままもの》ですら、それなりの忍耐力が身についていることにこの頃気がついた。常識界の非難や無理解に耐え、反発しては耐えるという循環の中で、いつか身についた力がある。そのことをわかってもらうために、この長い述懐が必要だったのだ。

今、日本女性は幼虫から脱皮して、似ても似つかぬ成虫になった蝉のようだ。ずん胴短足、扁平な胸は脱皮を重ねてすらりとした長い脚、くびれたウエスト、豊かな胸になった。ガングロ、ヘソ出し、何でもこい、何でもありだ。誰もがいいたいことをいい、したいことをしている。個性尊重、自主性、主体性という言葉を今は中学生でも使っている。

もはや、「我慢」という言葉はカビの生えた古漬になってしまった。耐えなくてもすむ世の中、要求し文句をいえばいい世の中。それが五十年かかって手に入れた幸せの形なのか。

果してそうだろうか？　我慢は悪徳なのか？
それについて次は愈々《いよいよ》、嗄《か》れたラッパを吹き鳴らすことにします。

真面目さの悲劇

「主人在宅ストレス症候群」という病名があるそうだ。五十代以上の主婦に多く、耳鳴り、動悸、高血圧、喘息が起ったり更に酷《ひど》くなるとパニック障害、十二指腸潰瘍から癌になる場合さえあるということだ。停年退職して常時家にいるようになった男性の妻に多いことから、どうやら「夫が家にいる」のが問題らしいという。心療内科医の黒川順夫《くろかわのぶお》博士の『主人在宅ストレス症候群』という著書のオビには「夫が家にいるだけでイライラする！」という惹句が書かれている。

もう三、四十年前になろうか。その頃聞いた話に、「夫が停年退職になったらどうしよう！」と心配している主婦がいた。停年になって月々の収入が途絶えることを心配しているのかと思っていたが、そうではなく、夫と朝から一日中、鼻つき合せる日々がつづくことを思って暗澹《あんたん》としているというのだった。

いつ頃からそうなったのかはよくわからないが、彼女は夫が毎朝、ウガイをする時に鵞鳥《がちょう》が締め殺されるような声を出すのが気に障るようになった。朝のウガイは前からの習慣であって今に始まったことではない。それを何とも思わなかった時期もあったのだが、いつかその声を聞くたびに耐え難い気持になっている自分に気がついた。

そのうち彼女は夫がどてらを着て茶の間にえらそうに坐っている姿が気に障るようになった。そのどてらは彼女が縫ったもので、寒くないように綿を沢山入れたので、肩のあたりが丸々している。丸々とした肩の上に、ウスラ禿《ハゲ》の大きな頭がのっかっている。それがテレビの方を向いてジーッと動かないのを見るとイライラしてくる。停年退職して、毎日こういう夫と向き合って暮らすのかと思うと暗澹とする、というのであった。

「わかるのよねえ、そのキモチ。イヤになり出したら、ちょっとしたことでも気に障るのよね」

とその話を私にした人はいった。確かにそういうことはいえる。しかし、どてらの肩が丸々しているのは、その奥さんが綿を入れすぎたからではないのか？　綿を沢山入れたのは、寒くないようにという奥さんの愛情の現れである。それが今になって気に障るといわれても、それは旦那さんの責任ではない。しかし旦那さんの責任ではないということがわかっていても、「気に障ってしまう」のだからしようがないのよ、とその話をした人は彼女の味方なのだった。

幸か不幸か、四十四歳の時に二度目の結婚に破れた私は、その後自分は結婚には向かない女であると自覚してひとりで生きてきた。だから、丸々したどてらの肩の上にウスラ禿の頭がのっかっているのが気に喰わないという気持は(話としては面白いが)実感としてわからないのである。従って私はこういいたくなる。ウスラ禿は旦那さんの責任か？　と。いうまでもなく旦那さんは好んでウスラ禿になったのではない。なったものはしようがないから、その状態を受け容れているだけである。

もしかしたらその奥さんの方だって、頬っぺたが垂れて二重顎《あご》になっていて、ウエストずん胴、下腹がタボタボしているかもしれない。あるいは夫のアラばかり目についてイライラしているものだから、目に険《ケン》が出てイジワル顔になっているかもしれない。旦那さんの方もそのことに気がついていて、内心、ゲンナリしているのかもしれない。

つまり「お互いさま」なのだ。それが年をとるということなのだ。年をとるとはこういうことだと諦めて我々の先輩はそれぞれの現実を容認してきた。容認するよりしようがないから容認してきた。電化生活はまだ遠く、日々の繁忙が容認を助けた。その後、この夫の停年退職後を思って暗澹としていた妻は夫と共に八十を越え、それなりに元気に「今は偕老同穴《かいろうどうけつ》に向っています」という年賀状が来たそうである。

「いろいろあったかもしれないけれどそういうものなのね、夫婦って」

と私たちは笑った。

「なんのかんのいっても、許してしまうのよ」

「諦めるのね」

「馴れるのよ」

といい合った。

人生とはそういうものだ、とその時の日記に私は書いている。

ところが当今、聞くところによると、この「容認」が出来ない女性が増えてきているようである。女性はかつてのように単純ではなくなった。知的になり論理的に考える人も増えている。自分の置かれている状況も一応は客観的に認識している。しかし、その認識と感情とが渾然《こんぜん》としないのが問題なのだ。前記の話を例にとるなら、ウスラ禿は夫の責任ではないことは十分わかっている。しかし、「わかっちゃいるけど、やめられない」のだ。わかっていながらムカつく気持を抑えることは出来ない。それで自分を責める。反省し責めて、それで気持が治まればいいのだが、治まらない。治めようと意識するほど、ウスラ禿がこびりついてくる。「ムカムカ」と「自責」が交錯して、動悸、耳鳴りが始まるのである。

「あなたのそのウスラ禿、何とかならないの！」

と理不尽な言葉を出すことが出来れば、動悸、耳鳴りは多分治まるのだ。

むかし、私の友達が結婚して間もなく、夫の自分勝手や威張り癖に我慢ならなくなって、実家のお母さんに愚痴をこぼした。するとお母さんはこういったという。

「そんなもん、隣りの部屋へ行って、『アホアホアホアホ』というといたらよろしいのや」

これが明治の女性の哀しい知恵であった。男尊女卑、夫の専横が当り前であった時代の女性は耐え難きを耐え、忍び難きを忍ばずには生きられなかった。その辛さを耐えるためには大方の女性はただものかげで泣いたのであろう。しかしこのお母さんは、泣く代りにアホアホということで辛さを凌《しの》ぎ、苦労との折合いをつけてきたのだ。そのアホアホにはどれだけの口惜しさ、怒り、無力感が籠《こも》っていたことだろう。

この僅かな哀しい反発力から、多分明治の女性の強さが身についたのだ。攻撃的ではない受身の、しかも何がきてもたじろがない強さが。精神の強さというものは一朝一夕で身につくものではない。怒り泣き諦め辛抱しながら、苦しい現実と何とか折合いをつけて生きていく。その経験の中で培われるものなのだ。

スポーツ、特に格闘技の世界では「ハングリー精神」という言葉がよく使われる。今の若い者はハングリーでないから根性がないなどと。

日本社会からハングリーがなくなったことは結構なことにちがいない。そのために根性辛抱が養われないのは当然のなりゆきであるから、責めるわけにはいかない。豊かで自由、楽しさを得るのが幸福な人生であるとしたら、それでよろしいということになる。今は耐え忍ぶことの少い恵まれた時代だ。昔は耐え忍ばねばならぬことがあまりに多かったから、忍耐は美徳だったのだ。だが今は耐えることは美徳ではなくなった。

そしてその結果として、我慢することがいやな日本人が出てきた。我慢しなければならなくなると、イライラしてすぐキレる。昔の殺人はそれなりの理由があったが、今は人が納得出来る理由のない殺人が増えている。

「人の命の大切さを教えよう」

などと暢気《のんき》なことをいっていてもしようがない。そのうち、「人の命の大切さ」についてむつかしいお説教を長々と聞かされたためにキレた、という若者が出てくるかもしれないのである。

夫が家にいるのでイライラする奥さんがいるかと思えば、夫が家にいない（帰りが遅い）のでイライラする奥さんもいる。中には、若い時は後者だったが年をとって前者になった「イライラのし通し」という人もいるだろう。今は「隣りの部屋へ行って『アホアホアホ』というといたらよろしいのや」ではことがすまない。却ってイライラが憤怒へと増幅されて病気が重くなるだけだろう。我慢の力がないからそういうことになるのです、とたしなめてもしようがない。我慢しなくてもすむ世の中を生きてきた女性に、我慢力が養われていないのは当然のなりゆきだからだ。

○停年後、毎日することのない夫が、べったり凭《もた》れかかってくる。
○外出しようとすると、どこへ行く、何しに行く、いつ帰る、とうるさい。
○友達と電話で楽しく話していると、いい加減にしろ、いつまでしゃべってるんだ、と文句をいう。
○話をしてもロクに答えない。（面白くない）
○三度の食事の用意を当り前のようにさせる。
○ああしろこうしろといちいち口出しをしてうるさい……。

等々、「夫がいるためのストレス」の原因は際限なく出てくる。しかし、私にはなぜそんなことがストレスのもとになるのか、よくわからない。男なんてソンナものなのだ。「ソンナもの」となぜ思えないのか、それが私にはよくわからない。「ソンナもの」と軽く思えば、気に障ることも多少はなくなるものだ。夫が何をしても何をいっても真正面から受け止めず、ぬらりくらりと（あるいは喧嘩をしながら）自分の思いを通していく知恵、ずるさの持ち合せのない人、真面目な人が「主人在宅ストレス症候群」になるのではないか。

真面目さを捨ててすべて「いい加減」な人になるか、これも人生修行と考えて我慢の力を養うか、我が身をふり返ってお互いさまと諦めるか。別居して冷却期間を置くか、夫が何といおうがしたい放題をするか。

だが、本当に大切なことは、人間というもの、老いるということ、その哀しさをしみじみ知ることなのである。

スッキリかジタバタか

二〇〇六年六月二十八日付の産経新聞に、次のような記事が出ていた。

「昼食時。アジの干物を焼いてみそ汁と食べる小川有里（59）のそばで、夫（66）がカップラーメンに湯を注ぐ。最初はさすがに気の毒に思ったが、7年目にもなると、そんな感傷もなくなった。『夫を自立させるための第一歩』。小川はそう割り切っている。

『昼食は各自が好きなものを作って食べ、後片付けも各自がする』（中略）フリーライター・エッセイストの小川がそう迫ったのは、大手電機メーカーのエンジニアだった夫が定年退職した翌日だ。

それまでの家事と育児はすべて小川が、働きながら担ってきた。夫は朝7時前に家を出て、夜の7時半には帰宅するまじめ人間。夕食後や休日はテレビを見てごろごろするだけだが、どんなに暇でも家事を手伝おうとしなかった。

小川も夫に何もさせなかった。（中略）小川の父親も家事は一切しなかった。母親からは『だんなさんを大事にしなさい』と言われ続けた。

しかし、夫が家に居続ける生活が目の前に迫って考えが変わった。『定年夫の昼食は妻にとって深刻な問題。自分１人ならお茶漬けですんでも、夫が食べるとなるとそれなりのものを用意しないといけない。外出もしづらくなる』（夫は妻の要求に頷《うなず》き）翌日からインスタントラーメンやカップラーメンの昼食が日課になった。

『妻は夫の母親ではない』という小川の真剣さが伝わったからだろう」

なにげなしに読み始めた私は、ここまで読んで、目が覚めたというか、身内が引き締ったというか、三日前の講演旅行で疲れが淀《よど》んでぼんやりしていたところへ、いきなり頭を殴られたような気がした。そして、

——時代はここまできているのか！

改めてそう思い、暫《しばら》くの間憮然としたままだった。

それから新聞記事は、

「昼食に始まった『夫改造』は朝食後の皿洗い、風呂掃除、洗濯物の取り込み、庭の草むしり…と広がった。（中略）今では朝のゴミ出しでも、頼んだ家事はなんでもやってくれる」

とつづき、

「サラリーマン時代は無趣味だった夫も変わった。週2回、パートの仕事に出かける一方で週3回、ダンス教室に通う。2人で楽しむ晩酌でも話題が増えた」

という。「夫改造」は成功したのである。

「お互いに好きなことを楽しんで、何かあったら協力する。定年後は、いかに夫婦がすれ違い、顔を合わさないか。それが〝離婚しない秘訣〟だと思います」

と小川さんはいっている。

この頃、問題になっている熟年離婚の解決法として、この話は熟年夫婦の参考になると産経新聞は考えて紹介したのだろうか。

このところ熟年離婚について意見を求められることが多いが、その都度、

「うーん」と唸《うな》り、

「離婚はしないでまず別居がいいんじゃない？」

という以外に何の知恵も浮かばない私は、

「なるほどねえ。こういう手もあったのね」

と感心するほかないのである。


我が国の女性には、結婚前は親の意見が自分の意見、結婚後は夫の意見が自分の意見、自分自身の意見はなにひとつなかった、という長い歴史がある。お祭の寄附の額ひとつでも夫と相談しなければならず、子供が何をいっても、「お父さんに聞いてみなければ」というばかり。買物、旅行、観劇でさえ「主人に聞いてから」決めるという有様だった。

同窓会というと、なぜか大義名分があるような気がして、遠慮せずに出かけることが出来るのだが、それでも四時過ぎるとそそくさと帰り支度をする人が大半だった。夫が帰宅した時にちゃんと食事の支度が出来ていなくてはいけないからである。いけないと夫がいうよりも前に、自分で「いけない」と思う気持が定着していた。妻たる者は「夫に仕える」という我が国の伝統ともいうべき社会通念が出来上っていたから、それを無視する妻はたとえ夫が不平をいわなくても、親や親戚や近所の女たちが批判の目を光らせ悪口をいったのだ。

「いやになるわねえ。主婦ってつまらない」

と愚痴をこぼしながら四時には家路に向う。妻には自由がないことをこぼしながらも、その一方でそれを当然の義務と観念していたのだ。

いや、観念し諦めていただけではない。夫が帰宅した時に妻がいなければ、夫は失望するだろう。自分で着替をするのか、自分でお茶を淹《い》れるのか、あれやこれやと想像する。たまのことだからいいわと思いながら、やはり気にかかってしまう。

子供が学校から帰ってきて、

「母ちゃん、ただいま」

といっているのに、家の中はシーンとして誰もいない。母ちゃん、母ちゃんと捜しているうちにテーブルの上のおやつに気がついて、しょんぼりとそれを食べる——そんな情景を思い浮かべると、可哀そうで気がかりで、早く帰らなければ、早く、早くととぶような急ぎ足になってしまう。

それは母としての義務というよりは、情愛である。切ろうとしても切れない女心、妻心、母心というものなのであった。


小川有里という女性の新しい生活形態は、行き詰っている熟年の夫婦関係に突破口を開く知恵だといえるかもしれない。「切ろうとしても切れない女心」を断ち切ることが出来る女性が今、登場したのである。

しかし古い時代の女である私はこう感じる。

焼きたてのアジの干物にみそ汁の昼ご飯。（さぞかしおいしいだろう）それを横目に（見るのではなく、見るまいと横を向いて）カップラーメンをするご亭主。そんな情景を想像しただけで私は耐え難い気持がこみ上げてくる。どんなに憎らしい亭主でも、である。いや憎らしければ憎らしいほど、却ってそんな仕打ちに出ている自分が浅ましくいやらしく思えるのではないか。

だが彼女はこのラーメン夫を憎んでいるからそうするのではない。「昼食は各自が好きなものを作って食べ、後片付けも各自がする。それが夫を自立させるための第一歩である」と考えた上で実行しているのだ。

「最初はさすがに気の毒に思ったが、7年目にもなるとそんな感傷もなくなった」と彼女はいっている。

感傷？　私は思う。それは感傷なんて上《うわ》っ面《つら》のやさしさなんかではない。もっと人間性に根ざした情、感性の疼《うず》きである筈《はず》だ。そうであるべきだ、と私は思う。しかし小川家では努力の七年が経ち、彼女の意図した「夫改造」は成功した。成功したのであるから、なにも私のような老兵が脇からイチャモンをつけることはないかもしれないのだが、ひとつ思うことはこのラーメンご亭主は七年の間にカップラーメンを主食とすることに馴れたのであろうか。それともこれではたまらぬ、と自覚して料理の腕を上げたのだろうか、ということだ。この夫は本来、気弱なこと勿《なか》れ主義か、もともと鈍感な人か、それとも理性を愛する合理主義者で、諸般の情勢を見極めた結果、進んで「自己改造」の道を歩んだのか。その年になって。

私はそれを知りたい。

我が国ではいつの頃からか、日本中がこぞって合理的であることを推進するようになった。合理化とは「無駄を省き、目的の達成に好都合なように体制を改善すること」と広辞苑にある。企業や役所の合理化を批判したり、また必然と考えたりしているうちに、銀行預金の出し入れから乗物の乗車券を買うことなどあれやこれや、我々庶民の日常生活のあらゆる場面に合理化が侵入してきて、我々老兵たちは電車の切符一枚買うにもうろうろするという難儀なことになり、老兵仲間が集ると合理化はもうたいていにしてほしいと歎き合っている有様である。

そうして今、ついに事態は人の感情の合理化に到った。ということは人間としての「感性の切り捨て」が容認される時代になったということだ。「なんぼなんでもそれは出来ない」という曖昧さがなくなった。夫改造という目的を達成するために、厄介な感情——気の弱りや相手を思いやる気持を切り捨てる。それが出来るのである。「出来る」ということに私は驚く。新しい日本女性が登場してきたのだ。

四十年前、私にも夫がいたが、その夫が事業に失敗して倒産した。子供が小学校二年の時である。私は少女小説を書いてその安い稿料で家計をやりくりしていたので、一日中、家事労働と原稿書きで息つぐ間もないという有様だった。だが夫の方は行き場がないので、一日中、テレビの前に寝そべっている。私は一日中働きつづけ、夜九時近くなってやっと夕食の片付けを終え、それから明日、子供に着せてやるブラウスにアイロンをかけ始めた。するとその時、寝そべっていた夫がいったのだ。

「紅茶」と。

彼は紅茶中毒のような男で一日中、紅茶ばかり飲んでいる。私は朝から何度も淹れた紅茶の出しがらに熱湯を注いでギュウギュウスプーンで押して色だけ出したものを黙って出す。憤怒がたぎって手が震えている。

後にこの話を娘にすると娘はこういった。

「なぜ紅茶くらい自分で淹れてよっていわないの？」

「それがなぜかいわなかったんだよね」

としか私は答えられない。それは多分、習性というものだったのだろう。自分で淹れよとはいえなかった。相手が元気な時ならともかく、倒産して行く先もなく、ただ寝そべっているしかない男にそれをいうのはあまりに酷だった。テレビの前に寝そべっている夫の心中を私は想像する。さぞかし辛かろうと思う。そう思いはするがシャクにさわる。忖度《そんたく》と憤懣《ふんまん》が胸の中で広がってもうどうにもならなくなった。

突然私はアイロンをふり上げて、ものもいわずに紅茶茶碗目がけて打ち下ろした。茶碗はまっぷたつ。

「何する……」

と夫は叫んだきり。私は沈黙してアイロンをかけつづけた。夫と私の間につづいた沈黙には矛盾した感情が渦巻いていた。腹は立つけれども、相手の気持はわかるという……。

相手を忖度しなければならくなのである。それがわかっていても想像力が働いて情が動いてしまうものはどうすることも出来ないのだ。

スッキリ生きるということは余計な感情を切り捨てることで、切り捨てるということは人間性が痩せていくことになりはしないか？　私の人生が常にドタバタ、ジタバタしつづけたのは、感性の合理化が出来なかったためである。しかしドタバタ、ジタバタした人生はそれなりに充実して今になってみると面白かったといえる。

次の世で、スッキリとジタバタとどっちを採るかといわれると、私はやっぱりジタバタと答えるだろう。

ああ心配でたまらない

一九七〇年代の半ばあたりから、高校生の校内暴力が起るようになり、同時に家庭内暴力も始まった。今から三十年ばかり前のことだ。そうして一九九七年になって「酒鬼薔薇聖斗《さかきばらせいと》」と名乗る十四歳の少年が十一歳の男の子を殺害し、自分が通っている中学校の門の前に切断した頭部を置いておくという異常な犯罪が起きた。それから伝染病のように十代の少年たちの殺人が頻発し、今は理由のわからない親殺し、子殺し、虐待死が昨日も今日もというように新聞テレビを騒がせている。

それらのメディアにはコメンテーター（識者）なる人が出て来て、「犯人の心の闇」について語ったり、「社会のあり方」を批判したりしているが、それで犯罪が減るかといえば増える一方で、分析や論評なんてものはたいして役には立たないことを思い知らされるのである。

どうしてこんな世の中になったんでしょう、とただただ歎いている人。その一方で「家庭が崩壊していた」とか「父親がいてもいないのと同じだった」とか「母親が成績ばかり問題にした」とか、あれやこれやと家庭のあり方をほじくって理由づけをしているしたり顔の人、「とにかく政治が悪い」と何でもかでも政治のせいにする人、「戦争に負けたのが悪かった」と気落ちするしかない人、負けてアメリカナイズされたのが悪かったといわれても、負けたものはしょうがない、ソレをいうならそもそも負けるような戦争を始めたのが悪いんじゃないか、と六十四年も前のことを怒り出して、不毛の論争にツバを飛ばす人もいる。

だがそうしてしゃべっている間にも人殺しは増えていく。しかもかつてなかったようなわけのわからない衝動的な殺し方である。日本人から何かが欠落した。本来、人として持っている筈の大切な、というよりはごく当り前の感性が抜け落ちたとしか思えないのである。

「なぜ人を殺してはいけないないか」

ということを、若者がテレビで質問したと聞いて私は唖然とした。

人間は人を殺してはいけないから殺さないのではない。「殺せない」から「殺さない」のである。猛獣は「けもの」であるから平気で「噛み殺す」のだ。

「殺せない――」

それが人間が人間であることの真っ当な感覚、証左ではないか。それを理屈で納得しようとする若者は、人として当然はぐくまれている筈の感性が欠落しているのだと私は思う。だから、それを彼に納得させるのは難かしい。それを納得するための感性がそもそも育っていないのだから。

里へ出て来て人を襲う熊を殺した人は讃えられるが、動物園の熊を殺した人は悪いということになっている。昔は熊は山奥に、人は里にいるものと決っていた。しかし、人間が生活範囲を広げて熊の領域に侵入したために熊の餌がなくなり、熊は飢えて里へ出て来ざるを得なくなった。すると人間は自分たちを守るために熊を殺すのは人間の権利だと考え、当然のこととして熊を殺す。

だが中には、腹を減らした熊が食物を求めて里へ来ていたのを、無惨に殺したことに対して何ともいいようのない情けない、呵責《かしやく》めいた気持が残る人もいるだろう。正当防衛という理屈ではすまされない気持である。

「可哀そうなことをしたなあ、ナムアミダブツ、ナムアミダブツ」
と思わず手を合せる。それが「人間」なのである。そんな気持を持つことが。

さっきまでピンピンしていた人が、一瞬後には血に染った死体となっている様を平気で見ることが出来る人間を、昔は鬼畜と呼んだ。人を殺すという行為は、理屈とは別の次元の感情、狂気がなくては出来ないことだと思うが、今はその狂気に冒される人が増えてきたということなのだ。

およそ五年前、私は『私の遺言』という題のメッセージを書いた。私は五十二歳から二十年にわたって、いわゆる超常現象と呼ばれている現象を経験し、それによって得たことをこの世への私の遺言として遺《のこ》したい、遺さねば、という気持だったのだ。

その経験で私が知ったことは、

一、死は無になることではない。

二、死後の世界はある。肉体は灰になっても人間の魂はありつづける。
三、あの世とこの世の間には、あの世へ行ききれない未浄化の魂がうろうろしている。（仏教でいう「成仏出来ない」ということ）
四、この世での怨みつらみ、執着、未練などの情念や欲望を持ったまま死ぬと成仏できない。
五、こういう浮遊霊、悪霊は、同じ波動を持つ人に憑依《ひょうい》し、その人の人格は損なわれる。

極めて大ざっぱにいうと、ざっとそういうことを二十年の辛酸によって私は学習したのである。

そうして改めて思ったことは、これはうかうか生きてはいられないぞ、ということだった。さんざんこの世で苦しい思いをして、やっと（というのもヘンだが）死んだと思ったら、へたをするとあの世へは入れずにこの世（三次元世界）とあの世（四次元世界）の間でうろうろさまよわなければならない。そうしてさまよっていると相性のいい（？）低い波動の持主がやってくる。シメタと思うかどうかはわからないが、波動が合うので引き寄せられるようにとり憑《つ》いてしまう。とり憑かれた人は人格が変ってしまうので、まわりが驚いて霊能者に祓《はら》ってもらう。祓われた霊は仕方なく離れるが、離れてくれても、その人（憑かれていた人）の波動が低いままだと、また戻ってくる。

すると、「あの霊能者は金ばっかり取って、何の役にも立たなかった」といって怒ることが多い。しかし怒るのは間違っている。その人が波動を上げようと努力しないでいるのが悪いのである。

未浄化霊や悪霊が憑依するのは、その人の波動が低いことが原因である。低い波動は同じ低さの波動と惹き合う。高い波動の持主に未浄化霊は憑依しない。波動が合わないので、憑依出来ないのだ。

以上が私が学んだ何人かの心霊研究家のおよそ一致した見解である。だがこの見解を信じない人、半信半疑の人は多分、読者の半数以上を占めるであろうことを私は承知している。科学信仰ともいうべき現代では、目に見えないもの、実証出来ないものは信じない。それが知識人の資格、誇りであると考えている人がいかに多いかということを、『私の遺言』を出版した後の世間の反応によって私はいやというほど知らされた。

無視黙殺、嘲笑、軽蔑批判は覚悟の上ではあったが、この本を紹介してくれるという雑誌の幾つかは、まるで納涼大会の怪談の演《だ》し物でもあつかうような気軽さでインタビュアがやって来て、怪奇現象ばかり熱心に聞いては勝手に驚いたり怖がったりして興奮する。

「私は波動というものを高めることの大切さを人々にわかってもらいたくて、この本を書いたんですよ、怪談を書いて売ろうと思ったんじゃないんです。長々と現象を書いたのは、波動の大切さを認識してもらうための導入部というか通り道として書いたんです。これを書かないでいきなり波動について語っても、観念的になってしまって理解されないだろうと思ったので……」

むきになって説明すれば、インタビュアは無邪気にいった。

「ではどうすれば波動を上げることが出来るんでしょう？」

どうすればだって!?

薪《まき》ざっぽうで殴られた気持とはこんなものだろう。私はしゃべるのがいやになる。インタビューに来るからには最後まで本をきちんと読んで来るものではないのか？

「ちゃんと書いてあるじゃないの。終りの方に波動はどうして上げるかを……」

「そうでしたか」

彼女はいった。

「えーと。すみません。どんなことでしたかしら？」

私は怒る気力を失って、萎《な》えた。

こんな目に遭っても、やっぱり私はいわずにいられない。いいたい。世情を見るにつけてもいわなければいけないと思う。だから読者の皆さんも、信じる人も信じない人も、読みたくなくても、これから書くことをムリでも読んで下さい。

私が師事した中川昌蔵師は著書の中で「幸福になるためのソフト」という五箇条を記されている。

「今日一日、親切にしようと想う。
今日一日、明るく朗らかにしようと想う。
今日一日、謙虚にしようと想う。
今日一日、素直になろうと想う。
今日一日、感謝をしようと想う。
これを紙に書き、いつも見える場所（トイレが最適）に貼って毎日見ること」

とある。多くの人はこれを読んで、何だ、他愛ない、と思うだろう。実は私も初めはそう思った。しかし、次の文章、

「但し、この五箇条を実行してはダメです。意識して実行すると失敗します」

この件《くだり》を読んで、「なるほど」と強く納得した。

人間の大脳は右脳と左脳に分けられていて、左脳は物質の世界、右脳は精神の世界に対応する能力がある。現代人の右脳はよく働かなくなっていて、左脳人間ばかり増えている。それは物質世界の価値観で育ち、理論や権利意識ばか

り肥大する教育を受けてきた結果である。だから右脳（精神の世界に対応する能力）に先の五箇条をインプットすることが必要なので、それによって波動は高まるのだという。

無理に「立派な人」になる必要はない。立派な人になろうとしてはいけない。意識して行為せず、ただ「想う」だけでいい。想うことがいつか身についていること、それが大事なのだ。

「波動を高めることは、そう難しいことではありません。学問も知識も必要ありません。ただありがとうという感謝の気持を持てばいいのです。感謝することで魂の波動は上ります。実に簡単なことです」

と中川師は朗らかにいわれた。

『私の遺言』の中で、私はそういうことを書いているのである。しかしこの本についてのインタビューを目的としている人たちですら、ここは気を入れて読んでいない。多分「面白くない」からなのだろう。人々が興味を持つのは、長椅子の中から電話の子機が出てきたり、表に置いてある車の扉が勝手にバンバン音を立てながら開閉したなどという怪奇現象なのだ。（それはそれで確かに

「おもしろ怖い」ことではあるけれど）

すべて興味本位の現代人。それをかき立てるメディア。

悪想念はエネルギーであるから消滅せずに地球表面の四次元世界に堆積《たいせき》して神の光を遮断する。そうして国の波動は下り、悪霊浮遊霊に憑依されて、苦しむ人や兇悪犯罪が増えるという循環が起っている。今まさにそうなっている。

五年前私はそう書いた。だが今、五年前に較べて更に兇々《まがまが》しい人間の荒廃が進んでいるではないか。書くことの無力さを私は思い知らされた。求める心がなければ、言葉や文字は何の役にも立たないことを改めて知らされた。だが、それでも私はしつこく書く。書かずにはいられない。この国の行先が心配でならないので。

（この項続く）

スリコミについて

前項で私は「幸福になるためのソフト」五箇条を紹介した。そうして大切なことは、その五箇条を実行してはいけない。実行しようと意識するのではなく、ただ想うだけでいい。想うことでいつか身についているそのことが大切なのだ、と書いた。それはかつて私が師事した心霊研究家中川昌蔵師から学んだことである。

再度ここに書く。

「今日一日、親切にしようと想う。
今日一日、明るく朗らかにしようと想う。
今日一日、謙虚にしようと想う。
今日一日、素直になろうと想う。

今日一日、感謝をしようと想う。」

中川師は「思う」ではなく「想う」という字を使われた。「思う」も「想う」も同じじゃないの、と「思う」人がいるかもしれないが、違うのである。今、私は「思う人がいるかも」と書いた。この「思う」を「想う」と書いた場合、文字に対して敏感な読者は違和感を覚える筈である。

「想う」という文字には、願いや希望や切なさ、思慮といった深い思いが内在している。だから中川師が「想う」という字を使われたことには特別に強い意味があるのだ。

いとしい人や故郷は「想う」ものであって「思う」ものではない、といえばわかり易いだろう。それは深い心から湧き出て全身に染みわたるような想念である。

「幸福のソフト五箇条」を、実行してはいけないということは、簡単に納得してすませてしまっては心に染み込まない、ということだ。染み込まないことは身につかない。「この五箇条を書いてトイレの扉に貼っておきなさい」と師がいわれたのは、一日に何度かいやでもそれを目にしているうちに、いつか五箇条が染み込んでその人を醸成していくからで、それをスリコミ（刷り込み）という。

過日、古い友人のTさんがやって来て、こんな話をしていった。

Tさんは熟年女性のコーラス団に入っているのだが、その中に恵まれない人のためにお金を寄附することを老後の生甲斐にしている奥さんがいる。

夫亡き後、若干の遺産と年金でつつましく暮らしながらの寄附である。あり余る財産があってのことではない。立派な善行であるから、コーラスグループの人たちはみな感心して、おえらいわねえ、なかなか出来ることではないわねえ、と褒めそやしていたが、くり返し善行を聞かされるうちに、だんだん挨拶の言葉が決り言葉になってきて気持も籠らなくなり、ほかにいい挨拶はないものかと考えるが、今はそんな知恵も涸れてしまった。悪いと思いながらつい、

「チェッ、また始まった……」

という思いが顔に出てしまう。それが自分でもわかるのが辛いという。

そのうち寄附夫人は暗にTさんにも寄附を促すような気配を見せるようにな

った。Tさんの持っているブランドもののハンドバッグの値段を訊き、年寄りがそんな高価なハンドバッグを持っても始まらない。自分ならその五分の一の価格のバッグを買って、余ったお金を寄附するわ、といったという。

「まるで私のこと、人でなしだといわんばかりに、よ」

とTさんは思い出すだけでこみ上げる怒りに顔を染めていった。

「あの人は寄附をすればいい報いがくるっていうのよ。これだけ寄附したんだから、きっといいことがある筈だ、っていったのよ。いいことがあると思って積む善行……善行って、ほんとは無償のものじゃないんですか？」

訊かれて私は答に窮した。

動機がどうであろうと、しないよりはした方がいいということがあるだろう。神さまのご褒美（いい報い）目あてであろうと、たらたら自慢しようと、善行を見せびらかそうとその寄附で困っている人がいくらかでも助かるとしたら、しないよりはした方がいいといえるだろう。

しかしよい報いを求めてする善行は、その人の「魂の向上」にどれほどの関わりを持つものだろうか？

その考え方からすると、善行夫人の魂は自己満足の域から高みに上っていくことはむつかしいかもしれない。「いい報い」とは魂が向上することであり、向上した魂は「いい報い」を願ったりしないものだ。優しい人にならなければいけないから優しくするのではなく、いつか優しさが身についている人であること。そういう人が理想なのである。

中川師のいう「幸福」とは、金を儲《もう》けて贅沢《ぜいたく》したり人気者になったり、勲章を貰《もら》ったりすることではないのである。そういうことに幸福を置いている人には、ソフト五箇条は役に立たないソフトなのである。

「むかしむかしあるところに」に始まる日本の昔話には、必ずいいおじいさんがいた。それに対比して悪いおじいさんや鬼や狸などが出てきて、いろいろと騒動があった末にいいおじいさんにいい報いがくるという仕組になっている。舌切雀では悪いおじいさんの代りにおばあさんが損な役割りを与えられている。おばあさんは糊《のり》をなめた雀の舌を鋏《はさみ》でチョン切ったという意地悪の上に、いいおじいさんが訪ね訪ねてやっと探し当てた雀のお宿でご馳走になり、お土産に貰ったつづらから金銀財宝が出てきたのを見て、舌をチョン切ったことも忘れて訪ねて行くという鉄面皮。その上お土産のつづらも大きい方を選ぶ欲バリ。そしてつづらからお化けが出て来て腰を抜かすというみっともない役まわりだ。

私たち大正生れや昭和前半生れは幼い頃、この話をくり返しくり返し聞いて育った。何回となく聞いているうちに、欲バリはいけない、意地悪はいけない、無欲でやさしい気持が大切なのだ、ということを覚えた。つまり刷り込まれた。花咲じいさんでは正直の徳を、カチカチ山では、義侠心を刷り込まれた。嘘をいってはいけない。死んでからエンマさまに舌を抜かれます、というのもスリコミのひとつだ。人の物を盗むと手が曲るというのもそうだ。誰も見ていないと思って悪いことをしても、神さまだけは見ておられるというスリコミ。昔のおとな（母親やおばあさん）は暇だったから、こういうスリコミをせっせと行ったのだ。

誰も小理屈をいわず、単純さが通用する時代だった。おとなも子供も素朴だったから、そして今のように余計な情報がなかったからスリコミはやすやすと行われたのである。それはダサイかもしれないけれど、必要なスリコミではなかったか。そこには人が生きていく上での基本が込められていた。

「ゆうちゃんが
ポコポコ
あるいていたら、
ライオンがいました。
なにか
かんがえています。
ゆうちゃんが
『なんなのよ？』
ときくと、
ライオンが
『ムニャ、ムニャ。』
と、いいました……」

最近そんな書き出しの絵本を見た。うちの子供が大好きで、毎晩必ず読んであげています、と若いお母さんがいった。『へんてこライオンがいっぱい』という題だ。絵は面白く色彩も豊かだ。ムニャムニャといったライオンのおなかがだんだん赤くなり足の色も変った。そしてライオンの頭がトマトに、胴がニンジン、足がナスとキュウリになった。そしてライオンは、こういうものをしっかり食べて元気になってね、という。

「はーん、なるほどねえ」

それが私の感想である。その絵本がいけないというのではない。ああ、時代はそうなったのか、という年寄りの嗟歎《さたん》と思っていただければいい。昔話は人としての基礎を刷り込もうとしていた。今の絵本は子供の感性に訴えようとしている。この感性はおばあさんやお母さんが「お話」をして伝えられるものではない。あくまで絵を見た上で養われるものだろう。

「むかしむかし、あるところにね」

とお話を始めるお母さんの声には、百万の「子育て論」を凌ぐ力があったと思う。

私は今、北海道の南の海に面した町の、小さな漁師の集落にいる。風が秋の気配を漂わせている夕方、浜で男の子を連れた顔見知りの漁師が魚網を肩に歩いて来るのに出会った。何となく立ち止《どま》って二言三言、言葉を交した。このところ曇りや雨がつづいてこの集落のメインの仕事である昆布採りが出来ない。今日はやっと晴れたのに、昆布採りをした様子がないのはなぜかと訊くと、晴れても波が高いので舟が出せないのだと彼はいった。

天気まかせの仕事は大変だ。忍耐力と諦めのよさがなければ務まるものではない。そんなことを思っていると、ふと彼が呟《つぶや》くようにいった。

「海はありがたいよ……何もしなくても魚もいるし、昆布もおがる……オレのじっちゃもいつもそういってたな。海はありがたいって」

私は胸を打たれ、言葉を失った。時には時化《しけ》、時には凪《なぎ》、その日その日の海のご機嫌に左右される暮らし。しかしその海はやっぱり「ありがたい」のだ。その感謝の気持が苦労を苦労と思わなくさせている。

男の子は父のその言葉を聞いている。「海はありがたい」というただひとつのスリコミは父がじっちゃから刷り込まれたものだ。そしてじっちゃもまたその父やじっちゃから刷り込まれてきたものにちがいない。

「今日一日、感謝をしようと想う」

を、便所の扉に貼りつけなくても、彼には「幸福のソフト」がちゃんと身についているのだった。

温泉騒動と猫騒動

今、私が夏を過している北の国のU町で、ちょっとした事件が起きている。

この町には十年ばかり前に町が造った温泉施設があるが、この温泉の湯の成分が温泉の規定を満していないばかりか、川の水を引いて沸かしていたという事実が発覚したのだ。

なんでも温泉工事に従事していた人間が告発したということで、なぜ今になってそんなことをいい出したのか、そのへんの事情はよくわからない（ことはないのだが、なにぶんにも話がややこしいので、「わからない」ということにしておきたい）。

その告発に新聞、テレビが喰いついた。たまたま天皇皇后両陛下の北海道行幸行啓の途、この温泉施設にご宿泊になる予定になっていたのが、町長は辞退しなければならなくなったのである。

初めのうち町長と役場は川の水を引いていたという事実などあるわけがないと否定していたが、某新聞の記者が二晩だか三晩、徹夜で現場を見張っていたところ、深夜にこっそり業者がやって来て、川から引いたパイプを掘り起しているところを写真に撮った。

そこで町長立ち会いで改めて現場を検証することになって、改めて掘り進むうちに、掘り起した筈のパイプの掘り残しが土の中から出てきて町長は面目を失った。なぜ掘り残すようないい加減なことをしたのかというと、そこに見張小屋が建っていて、その下まで掘ると見張小屋がひっくり返ってしまうから残したのだということである。

それにしてもいったい、町長と町役場は何をしていたのか。役場も業者とグルなのか、それとも町は騙《だま》されていたのか、などと疑問が起るのがこういう場合の常識である。この町は一万六千の人口で、おおよそ牧場経営と漁業で成り立っている。その中に「有識者」というか「論客」というか「正義の士」というか、何かにつけてひと意見あるひと握りの人がいて、疑問を口にし始めた。

勿論、町役場は何も知らなかったといい張る。知らなかったですむ問題か。それでは職務怠慢じゃないか、と正義の士は憤慨する。しかしながら大方の町民は、

「あの温泉はよっくあったまるんだァ」

だから「騒がなくていい」という意見だった。中には、

「そういえば雨が降るとお湯が濁ったなァ」

という人もいたが、

「雨が降ればやっぱ、川の水は濁るんだべさ」

とヘンに納得している。

とりあえず町は「温泉」という名称を「銭湯」に変えた（いくらなんでも「川湯」とはいえず）。「温泉」の入浴料は五百円だった。銭湯は三百九十円と決っている。温泉が銭湯になったのに、相変らず五百円のままというのはおかしいではないかと正義の士は憤るが、私が親しくしている漁師の通称エイトマンはこういった。

「百十円くらい、どうってことないべよ」

といっても、エイトマンは決して贅沢している大網元ではないのである。ホッタテ小屋のような作業場で昆布の選別をしている。

「よっくあったまるもんな。寒い時はありがてえよ」とどこ吹く風だ。

どうやらそれが町民を代表する意見なのだった。町はどこまでも平和で穏やかである。その静かな町筋をテレビカメラとレポーターが右往左往している。一人くらい憤慨する人のコメントがほしくてうろうろしているのだろうが、しまいには、

「なんだ、うるせえな、お前《め》ら。この町の恥をいい立てやがって、いい加減にしろ」

と怒られている。

これが東京——でなくても、たいていの都市では住民の非難や究明の声が上るところだろう。責任者の追及は当然のこと、町政への疑惑やら無能、怠慢をそしるなど大きな騒ぎになるのは必定だ。それが文明社会というものであり、批評精神なくして社会が進歩することはないのである。その進歩につれて、批評をなりわいとしている人ばかりでなく、テレビの前の主婦もタクシーの運転

手も床屋もすし屋も学生も、知識経験の有無を問わず小学生までが意見を述べ立てる。それが民主主義の基本であることを誰もが知っている。

　だがここでは何があっても静かである。茶飲み話に町政について何かいうことはあっても、それだけのことだ。はや海には秋の気配が漂い、草原を「どこ吹く風」が吹いている。ひと握りの有識者が「まったく、この町の人間ときたら……」ともどかしがっているのに私も同調していたが、だんだんと大勢《たいせい》に馴れて「ま、いいか。なるようになるんだろう」と思うようになってきた。苛酷な自然の力に堪え、逆らわずに従い馴れなければ生きていけなかった開拓の歴史。それによって造られた気質なのかもしれない。そう思うとこの今どき稀有《けう》なこの町のありようがいっそ微笑《ほほえ》ましく思えてくるのだった。

　そんな日々の中、東京から色々な情報が届く。これこそ「現代を生きている証」であるといわんばかりに。その中に坂東眞砂子さんの「日経新聞」のエッセイに対しての読者の反応の嵐が幾つかあった。エッセイの要旨は、坂東さんが飼っている三匹の猫が次々に子を産む。その子猫を坂東さんは崖《がけ》の上から放り投げて殺している。坂東さんは「獣の雌にとっての『生』とは盛りのついた時にセックスをして子供を産むことだから、その本質的な生を人間の都合で奪いたくない」からだという。

「不妊手術を施すことと生れてすぐの子猫を殺すのは同じことだ。子種を殺すか生れた子を殺すかの差だ」と坂東さんは書く。獣にとっての「生」とは人間の干渉なく自然の中で生きることだから、人間がその「生」にちょっかいを出すのは間違っている。その矛盾、不合理を踏まえた上で自分のより納得できる道を選択するしかない——。

坂東さんはそう考えて「猫の『生』の充実を選び、社会に対する責任として子殺しを選択した」という。このエッセイに対して読者の反対意見、愛猫家の怒りの洪水が押し寄せたのだ。

私は二度三度くり返し読み、そうして思った。

「ああ、むつかしい世の中になったものだなぁ」と。

思いめぐらせば私は愛犬家として犬を飼ったことはあまりないのである。どの犬も貰ってくれと頼まれたり、紛れこんできたまま出て行かなかったり、門前に捨ててあるのでやむなく飼ったという犬ばかりだ。一時、「紛れこみ犬」

と「頼まれ犬」の二匹が雄と雌だったために毎年子が生れて閉口した。東京では貰い手がなくなって、仕方なく残った三匹を飛行機に乗せて北海道へ連れていき貰い手を捜した。やっとカタがついて帰京し我が家の門を入ったら、なんと目の前で二匹がお尻をつなげたまま、怨めしそうにこっちを見上げているではないか。思わず、

「こらーッ、なにしてるッ！」

と拳固《ゲンコ》をふり上げた。勝手に好きなことをして、怨めしそうな顔をすることはないじゃないか。

カンカンになっているうちに、当然のなりゆきでまたもや五匹の子犬が生れた。どっちかに不妊手術をすればいいのになぜしないのと人からいわれるまで、私は怒りながら子犬の行く先に東奔西走しつづけたのだ。不妊手術なんて思いつかなかった。人にいわれて雄犬のタマを切除してもらった後、見ると彼のタマなきフクロは干からびた梅干のようになっていて、私は何ともいえない哀切な気持に打たれたのだった。

私は犬の「生」の充実など考えたこともなければ「社会に対する責任」を思

ったこともない。子犬のために怒りながら東奔西走することしか私に出来ることはなかった。だから坂東さんのエッセイを批判する言葉など何も出てこない。あえていうなら、坂東さんは理性の人なのだと思うだけだ。全く現代的な人なのだ、と。今はなにごとも論理的に考える時代だ。論理を通し、納得した上に行動がある。

昔の人の中にも邪魔な子猫を川に流したり殺したりする人がいた。しかしそうすることにいちいち哲学的な意味をつけたりはしなかった。黙って殺して、口を噤《つぐ》んでいた。親がそうしているのを子供が見ても、なぜそんなことをするのかとは問わなかった。子猫のために泣いたかもしれないが、すぐに忘れた。「この世を生きる」とは、そういうことをしなければならぬことだと漠然と知っていたのかもしれない。良い悪い、情のあるなしをいい立て、理屈を並べる必要などなかった。「生きる」とは優しさと同時に残酷を生きなければならないことなのだ。それをみんなが肌で知っていた。だから黙って残酷を行った。スジを通したくても出来ない、矛盾に満ちた苛酷な現実を生きなければならなかった時代は。

テレビを見ていたら、見ごとな牛が映し出され、「これは何年に一頭という牛です。そりゃあうまいですよ」と飼主がいっている。次にスタジオ内の調理台の上に大きな肉の塊が置かれて、わァ、おいしそう！　とタレントの黄色い声が上っている。人間とはかくも鈍感なものかという思いが今更のようにきて、私はテレビを消した。我々が平気で牛肉を食べるのは、解体され切られて薄切になっているからである。薄切の肉は暢気にモオーッと啼いていた牛とは別モノとして存在している。だから我々は平気でパクパク食べることが出来るのだろう。

生きるとはこういうことだ。皆、矛盾を抱えている。この矛盾を理屈で統御しようとしても出来っこない。出来っこないものを無理にする必要はない。私はそう思っている。

子猫を殺すか、殺せないか。坂東さんは殺せる。私は殺せない。それだけの違いだ。坂東さんはスジを通す。私は通せない。通せないのを無理に通さなくてもいいと思っている。正当性を持とうとすると論じなければならなくなる。論じることは進歩なのだろう。だが進歩しなくてもいい、論じない平和というものもある。黙って耐える平和もまた悪くない。

私がそう考えるのは、この町の空気に浸りすぎたためだろうか。秋が深まってこの町は愈々《いよいよ》穏やかである。

進軍ラッパは錆び加減

年をとるということは、世の中のこと、人間のこと、諸事万端よくわかるものと思っていたのに、いざ年寄りになってみるとそうでもない——というよりもわからないことが年々増えていく。

若い時分は年寄りは何でも知っていると思って尊敬していたけれど、実態はこんなものだったのだろうか。何でも知っていると思っていたのはこちらが未熟だっただけ、年寄りの方がそんなフリをしていただけだったのか。あるいはその頃は世の中が単純だったから人の経験も単純で、その堆積がムリせず自然な形で知恵となっていったのかもしれない。

現代は実に複雑だ。そして目まぐるしく進み変っていく。日を追って新しい局面が現れてきて、それにやっと追いついたと思ったら、息継ぐ間もなく新しい展開が始まっている。過去に積み重ねた経験知識など役に立たないばかりか、邪魔になることがある。

連絡手段は電話と手紙と電報であった頃は、手紙の書き方と電話の作法を知っているだけで十分だった。しかし携帯電話が出現して、連絡手段が簡便化されてからは、手紙の書き方や挨拶の心得は不用になった。そこにはケータイメールというものがついていて（私は見たことがないが）文章の美しさなど全く必要でなくなった。日本人の生活がだんだん忙しくなって、飾った文章よりも「心」が素直に出ている手紙がよいと思う人が増えていったが、それでも、いやそれゆえにこそ、手紙はその人の教養、人柄がわかるものになった。いかに心情を伝えるか。恋文や借金申し込みの手紙はいうまでもなく、ご機嫌伺いの手紙にも深い心が出ているかどうかで、「いい手紙を書く人」「顔はブスだが手紙は美人」と評価され、喜んでいいのか悲しむべきかに迷った人もいた。

メールはそういう評価とは一切、カンケイない。今、「関係ない」と書くところを私は「カンケイない」と書いたが、つまりメールとはそういうものなのだ。「関係」を「カンケイ」と書くような。簡単にことがすむのがメールの世界だ。

「昨日は失礼しました。お風邪気味のようでしたので、無理にお引きとめしていけなかったのでは、と後になって心配しています」

と、まあ、親しい友人同士であっても、手紙であれば一応、そんなふうに書く。顔を合せている時なら、

「悪かったわね、無理に引きとめて。ごめんね」

ですむ。その時は声の調子や表情の補《おぎない》があるから、「昨日はごめんね」ですむのである。手紙にはその補がない。文字だけであるから、こちらの心情を伝えるための言葉を考えなければならない。そこにおのずからその人の教養や人柄が現れてくる。手紙の妙味はそこにあるのだ。それで私は手紙を読むのが好きなのである。

私の父は兄からの手紙を読んでは、

「なんだ、この手紙は！　まるで電報じゃないか」

とよく怒っていた。私の四人の兄たちは「佐藤の息子はみな不良」と世間に広く認知されていて、始終勘当になっては住居も定まらない放浪児だった。そ

うして金に詰っては無心の手紙を父に出していたのだ。

カンカンに怒っている父に出す無心の手紙であるから、どうしても用件だけを書くことになったのだろう。しかもそういう場合はせっぱ詰っている時であるから、手紙の文章に心を配っていられない。だから、

「いつもすみませんが、どうにもならなくなっているので、送って下さい。××円。お願いします」

というような手紙だったのではないだろうか。なぜその金が必要かということを書くべきなのだが、まさか芸者に金をやり過ぎて、とか飲屋の支払いが滞ってヤクザに追われている、とか、本当のことを書けば金を送ってもらえないことは自明の理であるから、何かしらもっともらしい嘘を書かなければならない。しかしその嘘も今までさんざん書いてきたから、タネが尽きている。それを考え出すには時間が必要だ。だがその時間がない――。

というような理由で、「電報みたいな手紙」になってしまったのであろう――と、小説家になった今は、そのくらいの推察がつくのだが、十代のその頃は素直に、

「そうか、手紙というものはきちんと気持や事情を説明しないといけないものなのだ」

と胆に銘じたのだった。

だがメールというものが広まった今は「電報みたいな手紙」は失礼でも何でもなくなった。

「ゲンキ？

相変らずやってる？

こっちもナンとかつづけてる」

ですむのだ。相変らずやってる？　とは、何をやってるのか。ナンとかつづけてるのは何をつづけてるのか、さっぱりわからないが、メールは二人だけの連絡なのだから、他人がわかる必要はないことはいうまでもない。しかし人と人との交流というものは「わかればいい」というものではないだろう。

「アイしてるよー。アイしてるよー。アイしてるよー」

というメールを貰って喜んでいる若い女性がいた。三回くり返すことによって、その愛の深さをいおうとしているのよ、と彼女は呆《あき》れ顔の私に説明した。

私は、

「なるほどね」

というしかない。そういわれればそうかもしれないけれど、それではあまりに簡単すぎはしないか？　幼稚すぎはしないか？　くり返しでことをすまそうとするなんて怠け者だ。どんなに深く愛しているかを相手にわかってもらうために、古今東西の詩人や作家は……いや詩人作家に限ったことではない、かつての恋人たちはペンを握っていかにこの愛の深さを伝えられるか、その表現に呻吟《しんぎん》したものだ。そしてその甘美な苦しみに酔ったのだ。

簡単なことがそんなにいいのか？　そんなに価値あることなのか？

コピー機がなかった頃の大学生は図書館で借りた本を書き写すことに大半の時間を費した。一文字一文字、書き取っているうちに、内容が自然に頭に染みこんでいく。その染みこみの深さは目で読んだ場合とは比較にならないものだ。というのは書くことによって、脳は「考える」という働きを同時に行うからである。

小説を書き始めた頃、私は師事していた北原武夫さんから、自分の好きな作家の作品を書き写しなさい、そうしているうちにその作家の文章に飽きてくるからそうしたら次に好きな作家の文を書き写す。それをくり返しているうちに、いろんな文章が混り合い醱酵《はっこう》してその人自身の文体が出来上っていくのだと教えられた。そういう面倒くさい、辛気くさいことが作家に限らずあらゆる分野で必要なのだろうが、そんな面倒な勉強をする人はいなくなった。それは多分、その成果がすぐに目に見えないからなのだろう。

コピー機には便利、時間の短縮、無駄をはぶくという、はっきりわかる利点がある。しかし書き写しの利点はすぐに目に見えないから、ただの「無駄」に思えるのであろう。

今、中学三年になった私の孫は小学生の頃、おばあちゃん、この字、なんて読むの、とよく訊きにきた。私は得々と読み方だけでなく意味や使い方まで教える。孫はおばあちゃんは何でも知ってるんだねえと感心して、私を尊敬していたものである。

だが当節は私の方から、

「ちょっと、桃ちゃん、これ、何なの、どうすればいいの」

と孫を呼び立てることが多くなった。CDだと思ってDVDを買って来、CDプレーヤーに押し込んで音が出ない欠陥品だと怒ったり、何度教えられてもBSテレビで録画が出来なかったり、携帯電話をインターネットにつなぐとはいったいどういうことなのか、わからなかったり、電車の切符を買えなかったり、それならとパスネットとやらを与えられたが、そのカード残額が切れていることに気づかず、改札口を出ようとしてバターンと閉められたり、そして怒ったり、それからどうすればいいのかわからなかったり、改めてパスネットを買おうとしても買い方がわからなかったり……。

毎日毎日、「わからないこと」に出会う。

「こんなことがわからないの、おばあちゃん！」

とか、

「この前も教えたでしょう。何回いったら覚えるの」

とかいわれて、

「いやア、おばあちゃんとしたことが、これはマイった、アハハ……」

と笑うしかない。その笑いの下を冷たい風が吹いている。中学生になった孫はもう、漢字の質問をしにこなくなった。彼女は常に電子辞書を持っている。それで検索する方が、ばあさんに質問して、余計な説明を聞かされるより手っとり早くていいのである。

「今の年寄りの悲劇は、若い人の役に立たなくなったことですよ。私たちの若い頃は、にくらしい姑めと思っていても、例えば糠味噌《ぬかみそ》のおいしい漬け方とか、黒豆の煮方とか、子供が熱を出した時とか、いろんなことを教わると、やっぱり一目おくという気になったものです。だから姑はえらそうな顔をしていられた。しかし今は私たちが教えられることって何もないんです。おいしい漬物も煮豆もスーパーで買えばいいんですから」

　年をとると、若い頃に燃えていたいろいろな欲望は萎え凋れて、家族の役に立つということが一番の喜びになる。それが老人の生甲斐だったのだ。なのに今は役に立ちたくても、立てる場所がない。立てない。立たせてもらえない……。

ある老人の集りでそんな感想を述べると、居合せた人たち、寂《せき》として声なきままに大きく頷く顔だけが目立っていた。

「どうすればいいんでしょう？　私たちは」

と訊く人がいたが、私にわかるわけがない。ただ歎いているだけです、と答える。

「大いに若返って、ハンカチ王子を応援します」

という人がいて、一同は哀しい笑い声を上げたのだった。

不思議だらけ

まったく不思議に思うことばかりの世の中である。今朝も新聞を開き、社会面を見るなり思った。

――これだけマスコミの晒《さら》し者になることがわかっているのに、どうして？と。

またしてもセクハラ記事である。そんな記事は一昨日《おととい》も出ていた。確か先週も見たと思う。どういう職業の男が、どこでどんなことをしたのか、もう読む気もしない。

「男の人って、どうしてそんなことをするんでしょう？」

いつだったか、ある真面目な奥さんにそう訊かれたことがある。この奥さんは小説家というものは人間心理について何でも知っていると思っているようで、いろんなことを簡単に質問する。

「××さんの奥さん。あんなに上品でおきれいなのに、ご主人はどうして浮気ばっかりするんでしょう？」

とか、

「あすこのお嬢さん、どうしてあんなに美人で才媛なんでしょう？　ご主人も奥さんもたいしたことないのに」

とか。そんなこと知らんがな、とつい大阪弁で答えたくなる私である。バカバカしい気持のとき、私は大阪弁を遣いたくなるのだ。

男はなぜ突然痴漢になるか？

「女性蔑視の現れです。女性の人格を認めないからよ」

とフェミニズム運動家はいう。

そういえばそういうことになるのかもしれないが、別段、女を蔑視しているふうでもない人（さる恐妻家の大学教授）が女子学生にセクハラをしたと騒がれていたこともある。必ずしも蔑視していなくても、時々「ムラムラ」とくることが男にはあるのではないか？

本来、男には女にはない強い攻撃的な性本能が備っていて、それはまた敵と闘い愛する者を守る原動力となっていた。女の性欲は受動的なものでソノ気になるのに手間ひまがかかるものだから、男の性衝動を理解することが難かしいかもしれないが、男は常時「ムラムラの素」ともいうべき欲望を抱えていて、そのため時と場所を考える間もなく、突然ムラムラが起る。大方の男は抑制の力でムラムラを抑え込んでいるのだろうが、今は抑制が利かない精神力の弱い男が増えていて、ついムラムラに負けて女に触りたくなってしまうのである――そういう意見を述べた女性がいるが、その人は山河踏み越えてきた年輩の女性である。

けれど、今の痴漢はそんな男らしいムラムラ型ではないように思える、と別の人がいった。セクハラを起す男性の統計をとったわけではないけれども、どうやら学校の先生とか公務員とか、世間に認知され信頼を受けるべき職業の人が多いように思われる（そういえば波風と闘って漁《すなど》する漁師や、雨にも風にも日照りにも負けず田畑を耕して収穫を目ざす農夫のセクハラなど耳にしたことがない）。組織の中で、上下からの抑圧に耐え、自他の出世に心を悩ませねばならぬ人はストレスが溜《たま》る。それをゴルフや酒で薄めることの出来る人はいいが、ゴルフもやらず酒も飲まないという人は、ストレスが溜りに溜る。それでついついセクハラに走ってしまうのだという意見である。

とするとセクハラはストレス解消の手段だということになり、現代を生きる男の悲劇であるといえるかもしれない。しかし、オッパイやお尻を撫でてストレスが解消されるというのもつくづく悲しい話だなあ……。

一日、女が集って気らくにそんなことを話し合った。古《いにしえ》より男のノゾキ、セクハラはあるけれども女がセクハラをいたしたという話は聞いたことがない。なんて男ってアワレな生き物なんでしょう、と笑っていたのである。

ところがある日、テレビを見ていると、都内JRの××線（その名を忘れたので××線としか書けないのだが）に「痴漢団」ともいうべき若い男のグループが現れ、あらかじめ（確か新宿駅だったと思う）プラットホームで目をつけておいた女性を電車の中まで追い、携帯で打ち合せて乗り込んできた仲間と他の乗客には見えないように彼女をとり囲んでわるさをする場面が隠し撮りされていた（テレビではそういう悪い奴の顔にモザイクをかけて見えなくしていた。

これも不思議)。

新しい型のセクハラはムラムラ型でもストレス型でもなく、ゲーム感覚になったのである。ムラムラ型には男の煩悩ともいうべき哀れな事情があった。ストレス型にもそれなりに掬《きく》すべき切実な根拠がある。だがこの痴漢団のやり方は面白半分であるのが許せない。しかも数を恃《たの》んで一人の女性を餌食にするという低劣きわまるセクハラだ。これはもう「不思議」なんてものではない。情けないばかりだ。もしこの連中に妻、あるいは恋人がいたら、彼女たちはどんな気がするだろう?

「赤信号みんなで渡ればこわくない」

というビートたけしの名言があるが、今の男はついにセクハラまで衆を恃むようになったのか! こういう手合が出てくると、コソコソとひとりで女の股ぐらを狙っている男が、いっそ健気に思えてくるのが困るのである。

不思議といえばこういう不思議もある。プロ野球日本ハムの新庄選手が引退するということになった時、自民党は早速参院選に立候補させることを企んだ。

そして新庄から、

「ムリでしょう。ボクじゃあ」

とあっさりいわれて引き下った。

それからまた教育再生会議の有識者メンバーに女優の天海祐希を招こうとして断られた。

「自信がない」

といって天海は断ったという。

新庄はパフォーマンスの才に長《た》けているけれども、それが国政にどんな役に立つのか。日焼けした顔にまっ白い歯を見せてニッコリ笑って手を上げればファンは沸いた。しかし国政の場でファンが沸くだけでは困る。「ムリでしょう、ボクじゃあ」といった新庄は賢い。

天海祐希はテレビドラマで迫真の鬼教師役を演じて評判を上げた人である。ドラマで強い教師をやったからといって、本物の彼女はどれだけ教育に対する抱負と信念を持っているのか、わからないというより心もとない。誰が考えても自明の理であるそんなことが政治家さんにはわからないのか？　いやわからないのではなく、わかっているが目をつむっているのだろう。大衆の人気者なら票を取れることは間違いない。議員にしてしまえば何とかなる、と気らくに無責任に考えているのだろう。断った天海祐希は賢い。

　すると次に藤原紀香に目をつけた。だが彼女は結婚することになったので、どうやら沙汰やみになった様子であるのは結構なことだ。

　この人は見識と政治手腕もある人物と見込んで三顧の礼を尽して出馬を乞う――。それが本来あるべき政党政治の姿ではないか。何でもいい、考え方などどうでもいい、大衆の人気者を立てれば票が取れると考える政治家さんたちの、知的レベルというものが私は不思議でたまらない。

　折しも郵政民営化反対議員が一人を除いて全員（十一名）復党した。郵政民営化法案に反対したその主義信念はどうなってしまったのだろう？　反省文と誓約書を出してまで復党した理由は何なのだろう？　私が不思議がっていると、そんなわかりきったことをいいなさるな、復党させた方もした方も利害損得が一致しただけのことですがな、とこともなげに答を出した人がいたが、私はあまりに「わかり易い答」なので、却って信じにくい気持になってしまう。

「そんなわかりきったことを今更不思議がるというのは、そりゃ皮肉ですか？

イヤミ？　あてこすり？　そうでなかったら時代錯誤です」

といわれた。

時代は何でもアリ、何でも通用してしまう世の中なのだ。目的を遂げるためにはどんなことをしても許されるらしい。

「いくらなんでも、そんなことは……」

と思い悩み、ああでもない、こうでもないと考えに考えた末に結論を出す、その道順がなくなった。つまり物質と精神との葛藤がなくなった。かつて政治家は私利私欲を捨て国家の繁栄と国民の平和のために尽す選良だった。選良であることの誇りに生きた人たちだった。

それが党利党略、私利の人になってしまった。そしてそれが当り前になっている。いったいいつから、なぜこうなったのか、それが私は不思議である。

更に不思議なことは、北朝鮮の核問題でアメリカ、中国その他の国が盛んに非難攻撃していることである。彼らは隠しもせず堂々と核を保有している。それでいて北朝鮮にだけ文句をつけるというのは、いったいどんな根拠があってのことなのか、どうして自分のことは棚に上げることが出来るのか、それが私にはわからない。

ガキ大将が柿の木に登ってたらふく実を食べていた。真似して木に登るチビがいると、

「『柿の実を取るな』とそこに札が立っているだろう！」

と怒る。それと同じではないか。

怒る資格があるのは核を持たない国々と非核三原則を守っている日本だけの筈である。

といって私は決して北朝鮮の味方をするものではない。かの国への批判文句はいろいろある。しかしソレはソレとして、この北朝鮮への一方的な非難は筋が通らないんじゃないのか？　私はその疑問が拭《ぬぐ》えない。

アメリカも中国も、世界中が核を廃棄し、その上で北朝鮮を咎《とが》めよ。私はそういいたい。しかし、日本の政治家は誰もそれをいわない。なぜいわないのか？　アメリカや中国に面と向っていえるほど強くないからかもしれないが、いえないのなら、陰口でもいいからいってほしいものだ。

誰も何もいわない。余計なことはいうが、肝腎のことはいわない。そういう人たちが教育基本法を論じるというのも、不思議といえば不思議である。

ああ、不思議ばっかり……。

今はただそう思うだけである。

子供の悲劇

子供の頃を思うと毎日のように歌を歌っていたような気がする。私たち子供の遊び場は表の道だったから、そこで毬《まり》つきや縄とびをしていた。毬つきのときは皆で声をはり上げて、

「みい寺のかねの音《ね》ェ

澄みわたる夕ぐれェ……」

と歌った。私はいつもその歌を、

「みいれなのかー

ねのねェ」

と歌っていた。それが「三井寺の鐘の音」という文言であることを知ったのは、ずーっと後、おとなになってからのことである。

私たちはまた「せっせっせ」をする時も声を揃えて歌った。

「いーまは山中　いまは浜
いーまは鉄橋わたるぞと……」

歌いながら向き合った相手と忙しく手の平を打ち合せる。お手玉（関西では「おじゃみ」といった）をする時も、

「さいじょう山《ざん》は　霧ふかし
ちくまの河は　浪《なみ》あらし……」

と歌った。遊びの時ばかりでない。風呂に入ると私と姉は必ず歌った。天井の高い風呂場は声の反響がよく、また湯気にのどが潤って、のびのびと声が出たのである。

歌っていたのは子供ばかりでなかった。おとなもよくハナ歌を歌った。私の家のミヨという下働きの手伝いは毎日、手押ポンプをガチャンガチャンと押して水を汲み出しながら、

「わたしゃ夜咲く　酒場の花よ」

と歌っていた。手押ポンプのリズムがその歌とよく合うのだった。

昭和の初めから戦争に負けるまで、日本人はおとなも子供も日々ハナ歌を楽しんで暮らしていた。その頃の日本は今のように豊かでも便利でもなかった。自由もなく金もなく、勤勉と正直を美徳として一所懸命働いていた。一心に働き、且つ歌っていた。私の家の隣りの空地に家が建ち始めた時も、大工さんはカンナで板を削るシュッシュッという音に合せて歌っていた。

「月が鏡であったなら
恋し　あなたのおもかげを
夜ンごと　映してみようもの
こんな気持でいるわたし
ネエ
忘れェちゃァいやァよォ
忘れないでねェ……」

私の父は大工さんが歌い始めると必ず、
「なにが忘れちゃいやよだ！　くだらん！」
と怒った。だがその父も風呂に入ると義太夫を唸っていたし、銭湯では必ず浪花節《なにわぶし》をやる（ので必然的に長湯になる）親爺《おやじ》さんがいるということだった。老いも若きも男も女も子供も、なぜあんなに歌っていたのだろう？　分析好きの人は「思うに委《まか》せぬことの多い世の中だったから、無意識に発散を求めたのでしょう」という。また「日本人は本来、単純無邪気な気質を持っていた。ところが物質文明が進歩するのに伴って、ささやかにひとり楽しむという本来の気質を失った。ハナ歌を歌わずに、カラオケへ行って人に聞かせたがるのがその証拠である。自分の声で歌わずに、流行歌手の歌い方を真似る！」と歎く人もいる。

その意見の当否はともかくとして、私はハナ歌が溢《あふ》れていたあの時代をしみじみ懐かしく思う。暮らしは苦しくともあの時代、日本人の心にはゆとりがあった。あれがいけない、これが怪《け》しからん、隣りのピアノがうるさいなどと、何かにつけて文句をいう人は、当時もいたけれども、それは特別の「うるさがた」「頑固親爺」といわれる「特殊な人」だった。大多数の人は文句をつけるほどの知性も自己主張もなかったから、ただあるがままを受け容れた。ゆとりはそういう暮らしの中で生れたのだろう。

ハナ歌だけではない。当時はもの売りの声——「金魚ェー金魚」とか「豆ー腐……トーフ」と叫んでラッパを鳴らすとか、「ゲンマイパンのホーヤホヤ」とか「竹ゃァ竿竹ェー」「焼きイモーォ、焼きイモ」「アイスクリン！　アイスクリン！」とか、書き出せば際限ないくらい町中《まちなか》はもの売りの声に満ちていた。それらの呼び声のほかに子供が騒ぐ声、泣く声、おとなの怒鳴り声、犬が吠える声……そんな生活音ともいうべき雑多な騒音によって、町は生き生きしていたのである。

学校が退《ひ》けると生徒は一斉に校門から出てくる。口々に何やら叫んだりしゃべったりしているので、ひととき、小鳥の群が飛んできたような賑《にぎ》やかさになる。空《から》の弁当箱をほうり上げては受け止めながら帰って行く男の子、ボールの投げつけ合いをしながら走っている子、私なんぞは前の方を行く友達を見つけると、後ろから叫んだものだ。

「さきへ行くもん　ドーロボー

あとから行くもん　じゅーんさ（巡査）」

べつに喧嘩をふっかけようとしているわけではない。ただ、何となく、そんなことを叫んでみたくなるのだった。いわれた方はふり向いて、

「アホ!」

といい返す。そして、

「イーン」

と顎をつき出して歯を剝《む》き出してみせる。(関東では「イーだ!」といったらしい)

「イーン……」

「イーン……」

とやり合う。それが女の子の喧嘩だった。男の子の喧嘩はいきなり突き飛ばし、とっ組み合いになった。組み合ったままゴロゴロと転がり、上になり下になり、仲間はそれを囲んで口々に声援を送る。仲裁に出る者など一人もいない。友達が負けていても助太刀しない。私は高知で闘犬を見た時、昔の男の子の喧嘩を思い出した。喧嘩は弱い方が泣き出して漸く終る。ワアワア泣きながら家へ帰ると、

「また喧嘩したんやな、負けたんやな、アホ！」

と母親に叱られて、仕方なく泣きやむ。父親は、

「負けたんか！　次は勝ってこい！」

と笑っている。


こういう思い出話をすると、娘や孫たちは、

「なんてヤバンな時代だったの！」

「いったいどういう町に住んでたのよ？」

と呆れ返るばかりだ。

確かに野蛮だったかもしれないが、しかし、陰湿ではなかった。子供はみな生き生きしていた。喧嘩に負けて泣いてもすぐに機嫌が直った。さっき虐《いじ》めた奴ともう一緒に遊んでいたものだ。

「ヤイ、ハゲ！　ジャリッ禿《パゲ》ッ！」

とからかわれると、

「なんじゃい、ハナタレ！」

とやり返した。それを見ても先生も親も気に留めない。

「人を傷つけるようなことをいってはいけない」

「人の気持をわからなければいけない」

「差別的な言葉を使ってはいけない」

などとは誰もいわなかった。「友達は仲よく、助け合いましょう」と教えはしたが、喧嘩も「仲よく」の中に入ることを誰もが知っていたのである。

強い子も弱い子も、子供らはそれぞれの資質に従って、ありのままに、無邪気に、元気よく暮らしていた。弱虫は泣き、やんちゃはおとなから叱られ殴られていた。子供らはそうしてエネルギーを発散していたのだ。

子供にとって必要なことは「自然さ」だと私は思っている。子供の内部では、これから成人していくために与えられた強烈なエネルギーが燃えている。そのエネルギーが子供たちに活力を与えるのだが、それと同時に活力の捌《は》け口を必要とする。やんちゃな子供はエネルギーの量が多いため、無意識に暴れて調節を行っているのだ。

世の中が知識に偏って、教育の形が観念的でいて現象的という妙なものになった。

「人を傷つけるようなことをいってはいけません」というが、親しいまぎれに、悪意なくからかうということは子供にはよくあることだ。しかし今は相手が「傷ついた」といえば、それは「いけないこと」になるから、いおうとした言葉を呑み込むことになる。いいたいことをいい合えない関係に友情は育たない。子供たちはいいたいことを我慢するようになり、次第に陰湿になっていく。相手の気持を忖度《そんたく》するのはおとなのすることだ。今の子供は一見、みな好い子でありおとなである。おとなであるから、陰湿な虐めをするのかもしれない。

「お前の母ちゃん、デベソ！」

という悪態語がかつてあった。そうはいっても実際にデベソでないことは誰もが承知していることで、これは口から出まかせの悪態、囃《はや》し言葉に過ぎないことはわかっているから、いう方も気らくにいい、いわれる方も殊更に傷つきはしないのである。

今は「死ね！」というらしい。また「クサイ」とか「ウザイ」「キモイ」などというらしい。それは面白半分の悪態語ではない。妙にリアルで、相手を刺し貫く悪意がある。

どうしてこの頃は子供らしい悪態がなくなったのだろう？

子供が子供らしくなくなった。天衣無縫な喧嘩がなくなった。暴力と子供の喧嘩は別モノなのである。しかし今は「暴力否定」にひと括りされて子供を萎《い》縮《しゅく》させている。

萎縮は一見「好い子」を造る。だが好い子（と親が思っている）が虐めっ子に雷同して、ウザイ、キモイと叫んでいるかもしれないのだ。

「いい子ですよ。道で会うときちんと挨拶をするし……」

何か事件が起きた時、近所の人がメディアでそういっていることが多い。しかし、「挨拶をする子」は「しない子」よりも一応、好い子かもしれない。しかし、きちんと挨拶をしている一方で、「ウザイ」「キモイ」と叫んでいることもあり得るのだ。「挨拶もしないイヤな子供」が却って虐めなどに雷同せず、彼にとっての自然さ、正義を貫いている場合があるかもしれない。

子供に子供の自然さ、子供らしさを取り戻させれば、陰湿な虐めや自殺はなくなる。私はそう思っている。大いに悪態をつき、喧嘩をし、そして仲直りを

する——それが子供の自然だ。だが、現状ではそれを認める人はいない。それに加えて、

「お前の母ちゃんデベソ！」

なんて暢気にからかっていると、車に撥《は》ねられかねないのである。

現代文明を生きるために、子供は否応なく子供らしさを捨てさせられている。それを嘆く人は少くない。しかし、考えてみるとこれは我々おとなが目ざした文明であり、それで我々は幸福になると信じたのだった。嗚呼！

知性ありやなしや

年が明け、三が日も過ぎたある夜半、寝入ばなを電話で起された。寝呆《ねぼ》け眼《まなこ》で夜光時計を見ると零時半を過ぎている。こんな時間に電話をかけてくる手合は、悪戯《いたずら》か間違いか、そうでなければ親友のY子だ。Y子はかつてご亭主の浮気に懊悩《おうのう》し、昼も夜も大学教授である夫の動静に神経を尖《とが》らせていた時代がある。ご亭主の帰宅が遅いと、夜中であろうと明け方であろうと電話をかけてきて、いきなり、

「まだ帰らへんのよう」

と訴える。

「何してると思う？　女のところやろか？　飲んでるだけやろか？　学生の研究論文につき合《お》うてるというんやけど、ホンマやろか？　どう思う？」

と、いうことは大体決っていた。その頃は私も若くて活力があったから、「うーん、女かなァ」とか「飲みかけたらきりのない人やからねエ、どっかで酔い潰《つぶ》れてるのかも」とか、「しかし、あんたのおもてるほど、モテる男とは思えんけどねえ」などと一緒になって推理したり悪口をいったり、結構楽しんでいたものだ。

しかし今はY子も私も八十歳を三つも越えて、肉体も情念も衰えた。Y子のご亭主の浮気力も底を突いたとみえて、この数年は深夜の電話はなくなっている。

Y子でないとすれば悪戯か間違いだろうと思ってそのまま眠ることにした。今、娘一家はこの家の二階で暮らしているから安心である。彼らがマンション暮らしをしていた頃は、夜中に電話が鳴るとギョッとして何ごとかと緊張したものだったが。

無視をきめて私は朝まで熟睡したのだったが、翌朝、八時に電話が鳴った。聞き馴れぬ女の声が、「ちょっと聞いてもらいたいことがあるんですけど」という。名乗りもせずいきなりだ。ピンときて、

「もしかしたらゆうべ、夜中に電話をしてきた方ですか？」

と訊くと、

「ハイ、そうです」

悪びれもせずにいう。

「私の家に主人の弟が夫婦でやってきたんです」

いきなり本題に入った。

「そしてそのまま居ついているんです。もう一年以上もいるんです。一文も払わずに、です。一文も払わずに私が作ったご飯を食べて、その上、洗濯もさせるんです……」

息つぐ間もないしゃべり方に、仕方なく私は「はァ」といった。この「はァ」は相手の次の言葉を引き出す相槌《あいづち》になってしまうことは経験上わかっているけれども、先方の気負いに負けたのである。

「どうして私が一文も払わずに居ついている人の洗濯をしなくちゃならないんでしょう。ご飯だってね、当り前みたいに食べるんですよ。どう思われます？先生。こんなことが許されるもんでしょうか。一文も払わないで……」

やっと私はいった。

「それは私にいうよりもご主人にいうべきことでしょう？　出て行ってほしいと、ご主人からいってもらえばいいことでしょう」

「ダメなんです、主人は。エエ格好しィで。いくらいっても『しかし行くところがないんだからなァ』とか、こんなこともいうんですよ、『それに美人だしなァ』って……」

「美人なんですか、その人？」

思わずのってしまった。三文作家の悲しさは、「ハハーン、このご亭主、その女に気があるのネ」とすぐ頭に閃《ひらめ》いてしまう。女はそれに気がついているものだから厚かましくなっている。そのうちに女と夫は……と三文小説のプロットはついつい広がってしまうのである。

余談はさておき、何ともバカな話である。バカといって悪ければじれったい話だ。会ったこともない私を相手に愚痴をこぼしているよりも、「家計が苦しいのでこれ以上面倒はみられません」とハッキリいえばいいことである。私はそう答えた。なぜいわないんです？

するると彼女はそれには答えず、「一文も払わずに飯を食い、あまつさえ洗濯をさせる女をどう思うか？」という質問をくり返す。電話は翌日もかかってきた。午前中一回、午後一回。私はついに爆発し、

「その弟夫婦は常識なしのアホです！　それに対して何もいえないご主人もアホです。そしてね、そんな話を親しくもない私に愚痴ってくるあなたもアホだわ！　バカバカしくて相手をしてられませんッ！」

すると彼女はいった。

「私、自分でもアホだと思います。けどこの相談を友達にしても、みんな『たいへんね』とか『困ったわねえ』というだけで、先生みたいに一所懸命に聞いて意見をいってくれないんです……」

「人に頼るよりも自分の頭と口を使いなさいよッ！」

後はいうのがいやになって、「ま、がんばって下さい」と電話を切った。「頑張る」という言葉はあまり好きではないが、こういう場合は重宝だなァと思いつつ。

それから数日して、聞き覚えのある声で電話がかかってきた。彼女だ。

「この間は有難うございました。やっと解決しました。出て行ってくれました」

「いうべきことをいったんですか？」

「ハイ、いいました。あの……」

といいかけるのを遮って、

「それはよかった。じゃ元気でやって下さい」

さっさと電話を切った。切ってからこういえばよかったと思った。

「昔、子供向イロハガルタにね、こういう言葉がありました。『自分のことは自分でせよ』」と。


折しもマスメディアは、フジテレビ系のある番組が納豆にダイエット効果があると報道したことがもとで、全国の小売店で納豆が品切れになるほど買手が殺到したこと、ところがそれが捏造《ねつぞう》だったという事件で過熱している。テレビ局の番組には抗議や問い合せが引きもきらず、一時は納豆の製造元は「今に蔵が建つ」と喜んでいたのも束の間、増産態勢をとったために作った納豆を廃棄するしかなくなったという。何というナンセンス！

世論はこぞってテレビ制作の無責任を非難し、「これは国民を欺く犯罪だ」と憤慨する識者なる人もいる騒ぎだ。

しかしテレビなんて、もともとそんなに信頼出来るもんじゃないよ、と常々思っている私には、今更何をいってるの？　という気持である。我が家に出入する人の中にも、

「テレビでいっていたのよ」

と確信をもっていう人が少くない。テレビがいっていた？　それが何やねンといいたいが、せっかく熱心に語っている話の腰を折るのも心ない仕わざと思って我慢している。みのもんたの番組で、ナニナニを食べると健康にいい、というようなことを放送すると、その夕方には八百屋（あるいは魚屋、スーパーなど）でそのナニナニがどっと売れるという話は前から有名だ。

何かにつけて批判文句が渦巻いているこの時代に、なぜテレビだけは無批判に受け容れられるのだろう？

私は毎朝、コップ一杯の牛乳を朝食代りに飲む。するとある人から牛乳は身

体によくないとテレビでいっていたから、おやめになった方がいいと忠告された。

「私はやめました。牛乳だけじゃなく乳製品は一切、摂りません」

決然という。なぜ牛乳がいけないのかと訊くと、「牛乳は牛のお乳であるから人間には合わないんです」という。勿論テレビではそんな単純な説明ではなく、もっともらしい理由が述べられていたのだろうが、彼女はそこまで覚えられなかったのだろう。深い理解はなくても、「テレビでいっていた」というだけで、彼女は決然と牛乳排斥を決めたのである。

今やテレビは日本人の生活に欠かせぬものになった。欠かせぬものどころか、殆《ほとん》ど信仰の域に入っているかの観がある。テレビがある人間を悪い奴だと決めつければ、皆がそう思う。テレビに出ている人は間違いをいわない、と思いこんでいる。テレビ出演者の中にもまことしやかに奇論をいう人もいれば、真実を語ろうとするあまり、訥弁《とつべん》になってしまう人もいる。器用に、あるいは不器用に制作者の操り人形になっている人もいる。私にとってテレビのワイドショウを見る面白さは、画面でしゃべり、笑っている人間を観察洞察することなのである。

テレビ局の捏造に憤慨するよりも、見る方の見方、聞き方、判断力を私は問題にしたい。かつて男尊女卑時代の日本女性は自分の考えを持ち意見をいうことが出来なかった。女に求められたのは「主体性」を持たないこと。夫の意見、親の意見を自分の考えとして、ひたすら従順に仕えることだった。そうして女が知性を磨く機会が奪われていたのだ。

戦争に敗《ま》けたことが契機となって、女性が躍進したことはご承知の通りである。女も男も同等に学習の機会を与えられ、女性は知的になった。堂々と自分の考えを述べ、批判し行動している。

だが男を凌ぐ強さを身につけた女性たちが、納豆がダイエットに効果ありとテレビがいえば、納豆買いに殺到しているのだ。いったい、身につけた筈の「知性」はどうなっているのだ、と私はいいたくなるのである。

「一文も払わないで、タダ飯食って洗濯させる義弟夫婦」をどうすることも出来ずに愚痴に明け暮れていたあの電話の女性を私は思い出す。

アレもコレも「自分の考え、判断力を捨てている」という点では同じではないか？　知的になったにも拘《かかわ》らず、「アタマを使う、よく考える」という当り前のことを放棄した人が増えているのは、なぜだろう？

そんなことを考えている折しも、産経新聞の「産経抄」に目が醒《さ》めるような記事を見た。このところ問題になっている柳沢厚生労働相の「女性は子供を産む機械」発言に対して、大臣更迭を求める声が野党だけでなく、参院自民党からも上った。それについて、主婦の長尾加代子さん（43）という女性が、そんなことよりももっと前向きで具体的な少子化対策を早急に進める必要がある、という趣旨の投稿をした。柳沢大臣をここぞと攻撃する政治家たちに「『いちいち目くじら立て、辞任要求する時間が惜しい』とコトの本質が何かを突きつけた」とある。

いやァその通り、と私は思わず快哉《かいさい》を上げ、そうして思った。もしかしたら柳沢氏は気の利いた比喩を使いたいという気持に駆られたのではなかったか？　もともと才気のない人が余計なことを考えるとこういうことになる。女は子供を産む機械だなんて、本気で思ってはいないだろうに、と私は思う。だからバカな失言だと笑っていればいいのに、女性議員の悲憤のさま、建前上、そうしなければならないのかもしれないが、女性議員ばかりか野党党首こぞって「敵失見逃さじ」とばかりに攻め立てている様のみっともないこと。いやはや、納豆買いに走る女性への批判など遥《はる》か彼方に霞《かす》んでしまう。知性ありやなしや。政治家さんたちも。

これでいいのだ！

他人への親切はほどほどにしておく。それがこの世を生きる心得です、という手紙が旧友からきた。彼女は私が人に金を貸しては騙されたことがあまりに数多く、しかもそれを面白おかしく書いて、その原稿料でせめて返ってこない金の損失を埋めているミミッチさを憤慨してきたのである。

彼女は戦後の貧乏から立ち上って運命を拓き大金持になった人である。おそらく夫君の商才が優れていたのだろうが、妻である彼女にもこのせち辛い世の中を生き抜く心得というものをしっかり実践する知恵と力があったからであろう。彼女は私にこういった。

彼女のところにも借金を頼まれることがよくある。しかし彼女は一度も金を貸したことがない。なぜなら返ってこない場合にその人と仲違いになってしまうからだという。だから断乎断るか、そうでない時は「あげる」といって金を出す。そういえば相手は二度、三度は来られなくなる。それが賢いやり方なのよ、と。

そういわれるとそうかもしれない。いや、確かにそうだろう。私にもそれくらいはわかる。だがわかっていても、「出来ない」人間がいる。それがこの私である。

「わかっちゃいるけどやめられない！」

私の人生が煩雑なのは、多分この性分のためなのである。

親切は美徳である、と私たちは教えられて育った。だが、だからといって、私は美徳のために金を貸しているわけではない。困っている人の顔を見るとただ「貸したい」「助けたい」という気持になってしまう。単純にそれだけなのだ。そんな私を人は「お人好し」とか「おっちょこちょい」「苦労が身につかないお嬢さん」などという。それはそうかもしれない。多分当っているのだろう。だが当っていたとしてもそれが何なのだと私は思う。人は思いつくままにいろんな言葉を使って、その言葉に人間を当て嵌《は》め、納得した気持になるのだなあ、と思うだけだ。

金を借りにくる人は必ず「×月×日に返します」という。私はそれを信じる。そして裏切られる結果になる。すると友達はいう。

「それを信じるなんてどうかしてる」と。

うかつに信じないことで身を守る。それが生きる知恵だという。

しかし私はこう考える。×月×日に必ず返しますから、といっているからにはそれを信じるのが人間同士の礼儀というものだと。礼儀という言葉がピンとこなければ友情、いや簡単に使いたくはないけれど、やっぱり「人間愛」に近い感情だといいたい。人に金を借りにくるような人間は、よくよく行き詰っているからであって、従って返さない（返せない）可能性は大きいと考えるべきだ。だから友情に燃えるのならば、貸さずに「あげる」のが賢明なやり方だと人はいう。なるほど、そういう賢明さをみんなが持てば、（つまり用心深く生きれば）諍《いさか》いもなく、失敗もなく、怒ったり失望したりすることもない人生を送れるのであろう。

しかし（とまだしつこく私は思う）切羽詰っている人の困った顔、弱った顔を見るのが辛いというこの気持をどうすればいいのだ？

——苦しむ顔を見たくない……。その顔に希望を持たせたい……。それ以外に何も頭に浮かばなくなるのだ。

ふーん、あなたはそう思ってしまう人なのね、と相手はいくらか理解して、それなら仕方ないわね、好きなようにするよりしようがないわ、と匙《さじ》を投げた。

私はよく怒る文句の多い人間として知られている。それは三十年も四十年も前からのことで、年をとってエネルギーが涸れてきた今でも、私の本の広告や紹介文には、「怒りの佐藤吠える」というような文字が大文字になっていることが多く、それを見ると四十年前から使い古されて手垢のついた言葉をまだ踏襲してるのか！　怠け者め！　なぜアタマを使わない！　と怒りたくなる。そして、そんなことくらいでそんなに腹を立てるくせに、貸した金を返さない人には怒らない。ほんとにカワッテルと人からいわれる。

そういわれて考えてみると、どうやらこれは四十年前に私が襲われた我が家の倒産、破産に原因があるらしいことに気がついた。私の夫が経営していた会社が潰れた時、我が家は二億の借金のほかに、自宅が四番抵当まで入っており、それればかりか夫の二人の友人の家まで抵当をつけさせてもらっているという有さまだった。二億といっても昭和四十二年の二億である。私にとっては天文学的数字だった。債権者だけでも百人からいたのだ。

私の夫は返す当《あて》もないのに、必ず返すからと親戚友人を騙した。騙す気はない、といえば嘘になる。とにかくこの急場を何とかしたいという思いだけで、それ以外に何も考えられなくなるという状態に陥ることを私はまざまざと見た。それに騙されまいと頑張る賢い人たち、うかうか信じて家に抵当をつけさせるという、人の好い（あるいは気の弱い、あるいは友情を重んじる、あるいはヤケクソ、あるいは男気のある、あるいは暢気な）人たち、損をするまいと目の色変えてやってくる人たち、昨日の紳士が一転してただのおっさんになるさま――それらをいやというほど見せられて、私はつくづく金というものが持っている力（人間を変貌させる）に呆れ、そしてイヤになったのだ。

世の中には貧乏のどん底に沈んだために金の有難みを痛感して執着するようになる人もいるが、どん底を見たために却って金への執着がなくなる人間もいるのだ。

金がすべてか？

カネモチがなぜエライ？

ふン！

という気持に私はなったのだ。

折しも年の暮だった。夫のために自宅に抵当をつけさせた二人の友人は、このままでは家を金貸しに取られるのである。何とかして二人を救うために金を作らなくてはならなかった。しかし破産した人間に金を用立てる人はどこにもいない。

たまたま浅草の山谷に、百円ベッドを十七軒持っているという大金持の金融業者がいた。夫の会社が苦しくなって、銀行が相手にしてくれなくなってから、夫は時々その人に金融を頼んでいたのだ。夫は私にいった。オレは信用がなくなっているが、君が行けば貸してくれるかもしれない、と。私には既に夫の肩代りをした何千万円かの借金があった。だが、私には若干の原稿収入があり、それは微々たるものであったが、世間の目から見ると、稼いでいる分だけ夫よりも信用出来るように見えたであろう。

山谷の彼はその世界では有名な高利貸で、しかも山谷一帯に幅を利かしている男だという評判だった。決して安心な人物ではないと、いろんな人が忠告した。親友の川上宗薫《かわかみそうくん》は何度も電話をかけてきて、絶対に行くな、と止めた。だがその時の私は、とにかく二人の友人の家を救わなければならないという一念のほかは何も考えられなかったから、反対する川上さんにこういった。

「だけど川上さん。例えば道を歩いていたらそばの川で人が溺れている。それを見ながら黙って通り過ぎることができる？」

すると川上さんはいった。

「しかし、君は泳げないんだよ。泳げない奴が飛びこんだって、自分も一緒に溺れるだけじゃないか……」

いわれてみればその通りだった。私はぐっと詰り、

「うまいこというわね」

といって笑うしかなかったのだった。

だが、それでも私は山谷へ出かけていった。どういうことになるか、考えて

いなかった。とにかく行く。行って頼む。それしか頭になかった。

後に猪突猛進と評した人がいたが、その通りである。「勉強屋」というふざけた看板が懸っている粗末な事務所で、私はその人物に会った。その人は、むやみに襟の幅が広い時代遅れの背広を着ていた。そしていった。

「奥さんの気持はわかります。けどね、自分の家に抵当をつけることを承知したのは、その二人のお友達の責任です。たとえご主人への友情からそうしたことであっても、その人は強制されたわけでもないのに、承知したんです。人間は自分のしたことは自分で責任を負うべきです。その人たちは甘かった。甘かったということは、その人たちの責任です。何も知らなかった奥さんが、出る幕じゃありません——」

でも、と私は頑張った。あの人たちはお正月を前に、子供もいるのに家を取られるんです。それを見て知らん顔していることは出来ません——。

そうして私は大声で泣いた。人前で大泣きに泣いたのはその時が初めてで最後である。

私が泣いている間彼は黙っていた。それから仕方なく「貸しましょう」といってくれた。しかも金利は銀行ナミでいいといってくれたのだった。

その後の八年、私の収入は預金通帳を通り過ぎるだけのものとなった。いったい借金をいくら返していくら残っているのかなど、考えたこともなかった。預金通帳の中身など見たことがない。見ると気分が悪くなる。元気でいるために考えないことにしたのである。

金なんか紙屑みたいなものだ！

金で人生を左右されてたまるか！

そう思うことによって私は苛酷な現実を乗り越えてきたのだ。


私が平気で金を貸し、そうして騙されても平然としているのは、こういう経験のためなのである。

——ある時はあるように生活し、ない時はないように生活する……。

それが私が到達したい生き方の理想である。私はまたこうも思う。

——泳げなくても、飛び込めば泳げるようになるものだ……。

損をするまいとして八方に知恵を廻《めぐ》らせ、汲々《きゅうきゅう》として生きることは私の性に合わないのである。（第一、廻らす知恵がない）私は私の性分に従って生きてきた。その性分が私の価値観を作った。私が無考えに行動して、失敗したり損を重ねて苦労を招いていることを心配する人たちに答えるとしたら、

「しょうがないのよ、こういう人間なんだから」

というしかない。

「だから考えを変えなさいといっているのよ」

としつこくいう人には、

「これが気に入ってるんだから、それでいいだろッ！　うるせえな！」

と俄《にわ》かに荒々しくなる。

どっちがエライか、エラクナイか、などの問題ではない。賢いか、賢くないか、それもどうだっていい。要するに満足出来ればいいのじゃないか？　凸凹だらけの私の人生に、どれほどの血が滲《にじ》んでいようと、私は私の人生に満足である。

私の感動

「この頃、感動されたことはありますか。あればどんなことか、お聞かせ下さい」というアンケート用紙が送られてきた。

感動ねえ……と私は考える。だが一向に何も浮かんでこない。これは年のせいか、時代のせいか。当今はなにしろ「鈍感力」が推奨されるという時代である。だからこそ、こういうアンケートがきたのかもしれない。

戦前戦後の日本は貧しくて苦しいことが多かったから、「感動の素」はいくらでもあった。早朝、納豆売りをして、病気のおっ母さんの薬代を稼いだ小学生のことが美談として新聞に出ると、人はみな（勿論私も）感動して、おっ母さんへの薬代、少年への励まし代として相応の金銭を送った。比較的近い話では、「一杯のかけそば」という感動話が人々を泣かせた。大晦日の夜、そば屋に貧しげな母子連れが来て、かけそばを一杯だけ注文し、それを三人で分け合って食べたという話だ。この話は後にあれは実話ではなく、作りごとだった、という噂が流れ、感動して泣いた人たちは呆気にとられたという後日談がある。

「とうちゃんのためなら

エーンヤコーラ」

の「ヨイトマケの唄」も貧しさの中で元気に働く母親の姿を歌って、万人の涙を誘った。苦しい貧しい時代は、こういうわかり易い感動にこと欠かなかったのである。

しかし今、物質的に豊か、何でもアリの自由な時代になると、「感動」に重みがなくなって、サッカーで日本チームが勝っただけで、

「感動をありがとう!」

と騒ぎ散らすような、そんなチャチな感動になってしまう。何年前だったか、横綱貴乃花が怪我を押して優勝した時、当時の首相小泉さんが、

「感動した!」

と叫んだことが評判になった。二、三日前に来た人も、世界フィギュアスケ

ート選手権大会で浅田真央が、ショートプログラムで失敗して五位だったにもかかわらず、翌日のフリーで最高点を獲得し、銀メダルを取ったことに「感動」して、

「真央ちゃんは十六歳よ！　十六歳の女の子なのに、前の日のプレッシャアに押し潰されず、ノーミスで完璧にすべるなんて、なんてスゴイの！　天才を越えてるわ……これは神の力ですよ！」

と興奮のキワミだった。

今はもう、スポーツの分野にしか感動はないのだろうか、といっていると、いや、そんなことはありまへん、と来合せた呉服屋がいった。

「うちのお顧客《とくい》さんですけど、空港でヨン様と握手したというてえらい喜ばはって、『これで一生分の感動を貰《もろ》た』いうてはりました。内祝いやというて、帯一本買《こ》うていただきましてん。有難いことで」

ということだった。

ところで私はいったいどんなことに感動したか、しみじみ考えてみると、う

ちの近くの豆腐屋の伊勢屋、その親爺さんはもう六十の声を聞くようになっただろうが、毎日、夕方になるとラッパを吹いてオートバイで廻《まわ》ってくる。霙《みぞれ》の降る夕暮も照り返しが残っている真夏の夕方も、毎日欠かさずピーポーとラッパが聞えてくると私は胸が熱くなり、

「ありがとう！　伊勢屋のとうさん！」

といわずにはいられない。原稿用紙に向ってペンを走らせている時も、ピーポーが聞えてくると、仲間の援軍が現れたようで、

「とうさん頑張ってるのね！　わたしも頑張るよ！」

という気持になる。

こういう気持が私の「感動」である。人の賞讃など遥か遠くのこととして、黙々と自分の仕事にいそしんでいる人、ひたすら一所懸命に生きている人の姿に私は感動する。今はたいていの人はスーパーやコンビニでの買物のついでに豆腐を買うのだろう。豆腐だけを買いにわざわざ豆腐屋まで行く人は少くなっているのではないか。

伊勢屋のおかみさんは、この頃は売れなくなった、とこぼしている。オート

バイで廻ってもその労力に引き合うほど売れるかどうかはわからない。それでも、くる日もくる年も日が暮れかけると、ピーポーピーポーと伊勢屋のとうさんはやってくるのである。

テレビで時代劇を見ていたら、大きな屋敷でチャンバラが始まった。主役の俳優が滅法強くて、群がる侍たちを庭中走り廻って滅多やたらに斬り倒す。斬られた方は虚空を摑んで倒れたり、仰《の》け反ってよろめき倒れたり、うつ伏せ、大の字、それぞれのやられ方で死に体になっている。主役は庭から縁側へと踏石を踏んで駈け上るや次々に出てくる侍に血刀をふるう。と、突然、傍の障子をつき破って刀を持った手がニュウとつき出た。次の瞬間、外れた障子と共に髭《ヒゲ》モジャの武士がドウと倒れてきた。主役はそれを飛び跨《また》いで奥へと走って行く。

思わず私はパチパチパチと拍手をする。

「そんなに入れ込むほど、これがいいの？」

傍の娘が呆れたようにいう。

「おばあちゃんは××××のファンだったの？」

と孫。（××××と書いたのは、主役の俳優の名前だが、それが誰だったか憶えていないので、仕方なく××××にしたのである）私の関心は主役にあるのではなく、斬られ役の無名俳優にあるのだから。

——ああ、みんな一所懸命にやってるのねえ……。

そう思うと感動が胸に湧いて、思わず手を叩いてしまうのだ。

ただの斬られ役なのに、手を抜かずに斬られている姿、何という熱心。仕事への情熱！　これが感動せずにいらりょうか！　殊に障子をつき破って刀持つ手をつき出した後、障子もろともドウと倒れたあの髭モジャさんに私は心からの喝采を送りたいのだ。

「おばあちゃん、伊勢屋の小父さんと、あの髭モジャさんと、どっちが好き？」

と孫はくだらない質問をする。

「好きとか嫌いの問題ではない！　真面目に一所懸命に自分の本分を尽す……金が儲かるとか有名になるとか、成果を上げるとかそういうことはこの人たちの人生にはないのです。それがエライのです。そこに感動するのです！」

と熱弁をふるったが、孫はただ、

「ふーん」

とつまらなそうに向うへ行ってしまった。

どうも私の感動は人にはわかりにくいらしい。


本郷の小さな喫茶店で人を待っていたら、隣りのテーブルで女性が二人、熱心に話し合っていた。なにしろ狭い喫茶店であるから、テーブルとテーブルの間は、身体を斜《はす》にしないと通れないほど近い。話はいやでも耳に入ってくる。二人の女性の四十歳くらいかと思える方は、さっきから「鯖《サバ》の水煮缶」のおいしさについて一所懸命に話しているのである。

キャベツ、人参、玉葱に鯖の水煮一缶。それだけでホントにおいしい一品が出来るのだとくり返し力説している。あまり熱心にくり返すので私も憶えてしまった。まずキャベツ、人参、玉葱を繊切《せんぎ》りにし、そこへ鯖一缶を全部入れて揉《も》むのだ。

「力籠《こ》めてギュウギュウ揉むのよ」

彼女はその手つきをやってみせた。そして力を籠めて揉むのがストレス解消になるし、と第一の効能を挙げた。

相手の女性は彼女より少し若い。「うん、うん」と頷いている。

「ギュウギュウ揉んだら、そこへ鯖缶の汁と塩とレモン汁を加える。それがドレッシングよ」

聞いていて私は、それではドロドロになってしまうんじゃないか、とちょっと気持悪さを感じる。しかし彼女は、

「そりゃあおいしいんだから……是非ためしてごらん。この間もね、友達三人来て、キャベツひと玉使ってペロリよ」

「キャベツひと玉!?」

聞き手は驚く。

「そうよ、それほどおいしいってこと……」

と力を籠めた。力を籠めるものだから大声になる。なにもそんなに大声を出さなくてもと思うが、つまりそれほど彼女は鯖のギュウギュウ揉みのおいしさ

を相手に納得させたいのであろう。

「しかもね、安いのよ、一缶百円！」

身をのり出して安さを強調。

「百円の安売り見つけた時の嬉しさったら。うんと買っておくの。わたし、山のように作って一人で食べるの。残ったらサンドイッチにしてあくる朝食べるの、翌朝でもホントにおいしいのよ！」

「鯖って生臭くない？」

「ちっとも！　ほんとにおいしいんだから。悪いことといわない、一度でいいから作ってみなさいよ……」

その熱心さに私は「感動」というほどではないが、胸を打たれた。改めて彼女の身なりに目をやると、どうやらおしゃれには関心がない人らしく（あるいは関心を持ちたいにも経済事情が許さないのか）クリーニングに出さず手洗いのし方がいい加減なせいか全体に毛ば立っている緑色のセーターに、茶系統のベストを着ているのが、鯖の水煮と妙にマッチするのであった。（その後の会話でどうやらフリーライターらしいことがわかった。もしかしたらフリーライ

ターのかたわら、小説家を目ざしているのかもしれない、とかつて毛ば立った手洗いセーターを着ていた我が身を重ね合せる）

二、三日前、商店街を歩いていると、ふと鯖の水煮缶が目についた。「あっ！」と思わず声に出して、よく見れば値段は百円だ。早速買ってきて例の鯖サラダを作ることにした。彼女のいった通り、玉葱、人参、キャベツ（とてもひと玉は食べられないので二枚にした）を繊切りにし、鯖と一緒に揉んだ。力を籠めてギュウギュウ揉む——それがストレス解消になると彼女はいっていたが、私にはストレスはないので（それより腱鞘炎《けんしょうえん》の指が痛い）ある程度に止めてレモン汁を絞り込み、一口食べてみた。

ふーん、こういう味か……と思う。

何といえばいいのか、感想の言葉に困った。うまいともうまくないともハッキリいえない味だ。食べられないことはないが、進んで食べようとは思わない。これを「キャベツひと玉使って三人でペロリ」とは、ただ感心するほかない。

娘を呼んで一口食べさせてみた。

「どう？」と訊く。

娘はモグモグと咀嚼《そしゃく》し、遠慮もなく一言。

「うまくない！」

私は思い出した。何年前になるだろう。娘が小学校に入ったばかりの頃だ。我が家は貧乏。私は毎日のようにラーメンを作って娘に食べさせていた。煮干でだしを取って、もやしと葱だけのラーメンを。それを娘はおいしいおいしいといって食べていたのだ……。

哀しいような笑いたいような黙って肩を抱きたいような……これをやっぱり感動というのだろうか。

——人はみな、それぞれの人生を、それなりに生きているのだなァ……。ジーンときた。しかしこんな私の感動は、「感動をありがとう！」とサッカー場でホッペに日の丸を描いて叫んでいる若い人たちにはわからないだろうなァと思う。

鯖サラダを（もったいないので）無理に食べた後、一晩中胸のムカムカがとれず、感動は後悔に変ったのだった。

ショック療法

この一、二年、なぜか「死にたい」という人が増えてきたように思う。私なんぞの所にもそんな電話や手紙がよくくる。

「死にたいんです。死ぬしかないんです」

電話でいきなりそういわれても、困るのだ。

「はあ、そうですか。それはたいへんですね」

というのもヘンだし。

先方は私のことを知っているのかもしれないが、私は何も知らない。何も知らない人間にいきなり「死にたい」といってくるのは普通ではないと怒りたいが、普通ではないからこそ「死にたい」といってくるのだろう、と思い直す。

「バカモーン！　死にたいやとォ？　死ぬ死ぬいう奴に限ってホンマに死んだ

ためしがないわい！　死にたいならここで今、死んでみィ。見ててやる！」

私が子供の頃、お手伝いと道を歩いていると、いきなりそんな怒声が聞えてきて、見れば若い男をヒゲの巡査が叱っているのだった。

何があったのか、若い男はうなだれて「すんません」と、一言いっただけで去って行ったがその何日か後、私は彼が自転車で元気よく走っているのを見た。

「あの時のあの人や！」

一緒にいたお手伝いにいうと、

「あの巡査の怒りよう、そら怖かったもん。ドギモ抜かれて死神も逃げたんやろなァ」

と感心していた。昔はそういう勢《いきおい》のある親爺さんがいたものだ。だから私もあの巡査の大音声には及ばないとしても、せめて、

「死にたいのなら、グチャグチャいわず、黙って死んだらよろしかろう」

くらいいいたい。しかしそんなことをうっかりいって、

「佐藤愛子先生に相談しましたら、『死にたいのなら黙って死ね』といわれたので死にます」

なんていう遺書を遺して死なれた日には、私は世間の顰蹙《ヒンシュク》を買い、マスコミの餌食になることは間違いないだろう。昔は人間が単純素朴だったから、頭ごなしに怒鳴ればそれで効果が上った。今は屈折して複雑な意識の持主が多いので、簡単にドギモを抜かれないのが厄介である。

何かに絶望して死にたくなり、死にたい死にたいと思いながら、実はどこかに死にたくないという気持があるのが人間である。だから、その死にたくないという気持の芽をしっかり握って放さず、死神（死の誘惑）と闘えばよいのである。だが簡単にそういえるのは、こちら側の心身が健康であるからであって、気力の萎えた人にはそんな言葉は何の役にも立たないだろう。闘う気力がないから死にたくなっていることくらい、私にもわかっている。要は萎えた気力を引き出すことなのだろうが、だがそれにはどうすればいいのか？　私は途方に暮れる。

死にたい理由が、例えば借金に圧し潰されて生きていけなくなった、というような現実的な問題なら何とか相談に乗れる。夫が愛人を作ったので絶望しているというのであれば、一緒になって夫をボロクソに罵ってやれば気が晴れるだろう。たとえその相談妻の方にも落度があるらしいことがわかったとしても、だ。そんな時、それはあなたにも反省すべき点がありますよ、などと正論をいっては駄目なのだ。あくまで夫をボロンチョにいうこと。それが元気の素になるのである。

困るのは現実的な理由がないのに、何かしらこの世がいやになって生きていくのがつまらない、生きる価値のない世の中だ、などと勝手に絶望している人で、今はそういう自殺願望が増えているようだ。これは精神医学的にいえばそれなりの病名がつくのだろうが、よしんばその病名がわかったところでお医者でない私にはどうすることも出来ないのである。医師でもない、霊能者でもない私に何が出来るだろう。いったいなにゆえこんな私に、生死の問題を持ちかけるのだろうか、と困惑しながら考えると、世間には私の過去の著書を読んで、私を霊能者だと勘ちがいしている人がいるらしいことに気がついた。

三十年余り前のこと、それまで神仏にさえ何の関心も持たなかった私が突然、超常現象に巻き込まれて右往左往する羽目に陥った。その現象はおよそ二十年かかって漸く鎮《しずま》ったのだが、その二十年の間に私はいやでも霊視やら霊聴、霊力を持っている人が存在することを知り、死後の世界について勉強した。その経験知識を記した何冊かの著書がある。それが勘ちがいの原因なのであろう。「これは（自殺願望のこと）因縁霊か何かの障りでしょうか？」とか「娘に何か憑いているように思うんですが、どうすればいいでしょう」などと訊いてくる人もいる。しかし私にはそんなことはわからない。わからないのだから「私は霊能者ではありません」といってあっさりサヨナラしてしまえばいいのだ。だが、なぜか私にはそれが出来ない。かつて日々超常現象に見舞われて他人には理解されない不可解な、苦しい経験をした頃の、あの孤独な日々が思い出されてきて、この人はさぞかし苦しいだろうと思うと、無力ながらも何かしら力づけて死神を追い払いたくなってしまうのである。

「あなたは死んだら何もかも一切消えて無になってしまうと思ってるんでしょう。だから死ねばらくになると思ってる。けど死んで肉体はなくなっても魂は残るんですよ。そして死後の世界へ行くんです」

私は学んだことをそう披瀝《ひれき》する。

「死後の世界には大まかにいって幽界と霊界とそして暗黒界があります。暗黒界というのはいわゆる地獄です。幽界では魂の修行というものがあって、修行によって浄化されれば霊界へ上って行けます。しかし地獄界へ入ってしまうと厄介です。なかなか上へ上れません。自殺した人はみなここへ行くらしいですよ」

相手は「え」と息を呑む。

「地獄ってほんとにあるんですか？」

「あります——」

私は断言する。そうはいっても実際に地獄を見学したわけではない。証拠を見せよ、といわれると困ってしまうのだが、少くともそれは私が三十年にわたって畏敬《いけい》する心霊の先覚者から学んだことなので、私は私なりに信じているのだ。

「自分で自分の命を断つことは生命を与え給うた神に背く傲慢《ごうまん》な行為なんですよ。だから自殺した人は必ず一旦は地獄へ行きます」

「ほんとなんですか、それ。ほんとにマジで？」

私は更に追い討ちをかける。

「一口に地獄といっても、いろいろな階層があります。最下層はとにかく暗くてジメジメジメジットリしていて、何ともいえない臓物が腐ったような悪臭が満ちていて、そこに何もせずじーっとうずくまっている――永劫にですよ。修行もヘチマもない。永劫にじーっと闇に埋もれているといいます。別の層では何かに追いかけられてひたすら逃げている。追いかけている者が何か、わからずに逃げている。それも永劫に逃げつづけている……生きるということは辛い苦しいことだけれど――それでもこの世に生きている限り、苦しさ辛さと闘って、克服することが出来ますよね。しかし地獄へ行ったらそれが出来ない。苦しみは永久につづくんですよ。何もなくならない。無になるわけじゃないんです」

私はいいつづける。

「私のいうことを信じるのも信じないのもあなたの自由です。証拠のないことは信じないというのは現代の風潮ですから、あなたが信じたくなければそれはそれでいいです。何にしても死ぬのなら、覚悟を決めて死ぬことですよ。地獄はないかもしれないけれど、あるかもしれない。覚悟を決めて死ねば、たとえあったとしても驚かずにすむでしょ。何ごとも覚悟ですよ。結婚だって離婚だって、子供を産むことだって捨てることだって……。どうしても死ぬのなら、死んでもらくにはならないという覚悟をもって死んで下さい。死は無ではないんです」

相手はドギモを抜かれ、

「すみません」

といって電話を切る。

なぜかそういう手紙には必ず電話番号が書いてあるので、私ははりきって（というのもおかしいが）電話をかけるのだ。（あなたもヒマねえ、と人はいうけれど）そして地獄の話をしてドギモを抜くと、その人は死ねなくなる。「佐藤さんの迫力あるお言葉を聞いて、死ぬ気はなくなりました」という手紙がくると私は嬉しい。地獄の話にドギモを抜かれるのではなく、私の迫力にドギモを抜かれるのかもしれないが、それならそれでもよいのである。

渡辺淳一先生の『鈍感力』という本がベストセラーだそうだ。この生きにくい世を鈍感になることで生き抜こう、という主旨らしいが、たださえ鈍感な人が増えていると感じている私は、これ以上鈍感を推奨することは反対である。

親の歎きも世間の迷惑も死後のありようを考えることもなく死に急ぐ人は、鈍感だと私は思う。現代のありように絶望するのは「鋭敏」だからだといいたい人がいるかもしれないが、そういう鋭敏は目の前の不如意や不幸に対する鋭敏さに過ぎない。そもそも私はらくにこの世を生きたいなどという発想には反対の人間であるから、この世を生きるのに大切なのは鈍感力よりも「鋭敏な想像力」だと思っている。この世の辛さ苦しさを乗り越えて学んでいくのが生きる意味である。だから、たとえ辛くても人に対する、社会に対する鋭敏さを持つべきだと私は考える。はっきりいうと現代は、想像力の欠如した鈍感時代に入っている。この鈍感病を駆逐するためには「ドギモを抜く」よりしょうがないと私は愚考しているのである。

ところでこの春、私は孫を連れて広島へ行った。孫が高校に入った祝いの旅である。私の目から見ると、我が孫はおしゃれにも男友達にも金にも物にも無関心な十五歳の変人で、(勉強にも無関心なのは困るが)まあまあ私の好みに合っているのだが、大きな欠点は感謝がないことと、安穏に馴れて感動に乏し

くいつもシラケていることなのである。今どきはみんなそうよ、と母親である娘はいうが、

「みんなそう？　みんなと一緒？　それがイカンのだ！」

と私はニガニガしく思う。

そんな孫を広島へ連れ出したのは、「広島平和記念資料館」を見せて、ひとつドギモを抜いてやろうと考えたからである。原爆記念館の展示に残る敗戦の惨禍の跡を見せ、この人たちのこういう犠牲の上に、我々の今日の安泰、贅沢な日々があるのだということを教えねば、と思ったのだ。

そうして記念館をつぶさに廻《めぐ》ること二時間余り。ある展示場に立ちつくしている孫の姿を見つけて近づくと、そこに歪《いびつ》になったアルミニウムの弁当箱にふかしたフスマ入りパンか、さつま芋か、カボチャか、（米のご飯でないことは確か）正体のわからぬまっ黒になったかたまりがあった。その朝、この弁当を作った母親と、作ってもらった子供。母親はどんな思いで、乏しい食糧事情の中でこの弁当を作ったか。子供はこれを食べる前に原爆で焼死したのだ。

百万の反戦の言葉よりもこのまっ黒な弁当ひとつ見れば、万人が衝撃を受け

るに違いない。世界中の人にこの弁当を見せたいものだ。そう思いながら孫を見ると、孫の目いっぱいに膨れ上った涙が、下瞼《したまぶた》を越えて次から次へと頰を伝い出していた。

——そうか、泣いたか！

私は思った。

——それでよし！と。

孫は鋭敏に感じ、ドギモを抜かれたに違いない。私は満足して帰途についたのだった。

お互いさま

桜は散ったが急に寒さがぶり返した雨もよいの日、私は着物を着て出かけた。出先に向う前に美容院へ寄った。あまりに寒いので着物の上に羽織を重ね、雨《あま》ゴートを着た。

美容院へ行くと受付の女性に雨ゴートを脱いで渡し、奥へ行こうとするところいわれた。

「上着はお脱ぎになりませんの？」

「上着？」

いぶかしんだが、すぐにこれは羽織のことをいっているらしいと察して、

「いえ、これは着てます」

と断ってシャンプー台に坐った。今の女性は羽織を上着というのか！

と、！がつく思いだった。もしかしたら羽織という言葉を知らないのではなく、そもそも羽織というものを見たことがないのかもしれない、などとシャンプーをしてもらいながら考えた。そういえばいつだったか、テレビで呉服屋のことを「きもの屋」といっているタレントがいた。その時はこれはわざと（例えば美容院のことをパーマ屋というように）くだけていっているのかもしれないと、たいして気にも留めなかったが、その人は本当に呉服屋という言葉を知らなかったのかもしれないと、とっくに忘れていたことまで思い出したのは、それほど「上着」という言葉に驚いたということだ。

シャンプーを終って鏡の前に坐ると、店長が来ていった。

「上着はお皺《しわ》になりますから、お取りになった方がよくはございませんか？」

店長は女性である。しかも見たところ四十歳にはなっているように見える。その年齢の、しかも美容（着付）を仕事にしている女性さえ、今は羽織という名称を知らないのだ。

私はあまりにびっくりして、その後で会った友人にこの驚きを話さずにはいられない。すると私より少し年下だが七十代に入ったその人は、平然としていった。

「そりゃあ知らないわよ。若い人は、羽織なんか……今は着物を着るのは成人式か結婚式だけでしょ。そんな時に羽織なんか着ないもの」

そういわれればそうかもしれない。そうかもしれないが、私はどうも釈然としない。

「釈然としなくたってこれが現実なんだからしょうがないのよ」

と友人はいった。友人は当時「新人類」といわれた息子のおヨメさんと数十年の葛藤の後、刀折れ矢尽きて敗退し、おとなしくものわかりがよくなった。

「これが現実なんだから」というのが彼女の口癖で、その言葉を口にすることによって彼女は堪え難き敗残の日々を生きているのである――（と私はひそかに推察している）いやはや、いやはや、何とも心寂しい日々になったものだ。

先般、私は『今は昔のこんなこと』という本を上梓した。それは「昔はあったが今はなくなってしまった物や言葉」などを思いつくままに書き記したものである。目次の例をいくつか挙げると、「腰巻」「蚊帳」「アッパッパ」「押売り」「五右ヱ門風呂」「居候」「火鉢」などなどである。「あーらいやだ、オホホ

ホホ」という項もある。ひと頃、東京の若い娘はからかわれたり、びっくりしたり、呆れたりする時、

「あーらいやだ……」

と初々しく叫んだものだ。その初々しさが若い女性からなくなった今は、何というか……これ以上書くと本の宣伝になるからやめるが、とにかくそういうことをつれづれに書きつづったのが『今は昔のこんなこと』なのである。

私が贈本する友人知人は殆ど年輩者であるから、面白がったり懐かしがったりしてくれる人が多く、「これは売れますよ」などといってくれていたのだが、ある日、友人の一人、永田《ながた》力《りき》画伯から電話がかかってきてこういわれた。

「この間の本の内容をお客に話したらね、驚いたことには、褌《ふんどし》を知らないんですよ」

「えーッ」

と私は驚き、その人の年は幾つかと訊くと、

「三十くらいかなあ」

という答だった。永田さんは尚もいう。

「それにその男は、サルマタも知らないんだ……」

「えーッ！」

とまたまた叫ぶ。そして思った。

——こりゃアカン。本は売れん！　と。


ところでこの本のオビにはこういうリードが書かれている。

「緊褌《きんこん》一番！

　と叫んだところで、もはや褌は遠く去った……」

これは編集部が考えた文章だが、それを読んだ知人の女性から電話がかかってきた。

「お恥ずかしいんですけど、あの、緊褌一番という言葉はどういう意味なんでしょうか。息子に訊きましたらね、気を引き締めるというようなことだろ、というんですけど、それでよろしいんでしょうか？」

「はあ、まあ……そういうことですけど」

私は一応同意したが、どうも釈然としない。「緊褌」という言葉には、男子としてのるか反るか、勝つか負けるか、生きるか死ぬか、ここ一番、と奮い立って戦いに臨む時の、勇気と決意が籠っている。

褌をギュッとひき締めれば、その褌の中にダラリと下っているかのモノ——男子の象徴たるかのモノが締めつけられ、男意識が奮い立つ。

「よしッ！　やるぞーッ！　負けぬぞ！」

と皆《まなじり》決した時の気持をいうのである。負試合のコーチがマウンドに上る救援ピッチャーに、

「気ィ締めていけよ！」

と声をかけるのとは大分、違うのだ。


と、ここまで書いてハッと気がついた。今私は「皆決して」とつい書いてしまったが、この言葉だって、わかる人にはわかるだろうが、わからない人には、佐藤愛子という作家はむやみに難かしい言葉を書いて、自分をえらそうに見せようとしているやつだと思われるだろう。だが、この場合、「緊褌一番」という言葉は私の中では「皆を決す」という言葉とつながるのだから仕方がない。

それは言葉に対する私の感覚である。そういう感覚が養われるような環境が私にはあったのだろう。だがそれでは現代では通用しないから、書くのをやめよ、といわれればもはややめるしかしようがないのである。

ああ、時は流れぬ。時代は移り、人、風物、言葉、すべて変っていく。その変化は少しずつ少しずつ徐々に流れていたものだったが、二十一世紀に入って急速な流れになってきた。

褌、サルマタを知らないといって私は驚くが、その私はブリーフとトランクスの別がわからない。ブログとかシャメールとか、それから……それから、今ここに書こうとしても思い出せないカタカナ名詞の数々。

ある日、丁度植木屋が庭の手入れをしているところへ、若い女性編集者が訪ねてきた。それを見て彼女はいった。

「あら、お庭屋さんが入っているんですね」

お庭屋！　私は返事が出来ない。「羽織」が「上着」になった以上の驚きだった。

テレビを見ていると、福山という町でユスリカという蚊のような虫が繁殖して、人を刺しはしないが、群になって長距離を飛ぶので町の人が困っているというニュースが流れてきた。窓辺にうず高く積った虫の死骸が映し出されている。旅館の主人が出てきていった。

「朝になるとユスリカの死骸は一升にもなりますな」

女子アナは反応しない。黙って立っている。普通なら、

「エーッ、一升！」

と大仰に驚いてみせるところだ。見ていて私は思った。「一升」とはどういう分量なのかおそらく彼女にはわからないのだろう、と。

我々は容積を計るのに日常は桝《ます》を用いるのが普通だった。一合の十倍が一升で、一升の十倍が一斗、その十倍が一石である。長さは一尺二尺と計り、一尺の十倍が一丈である。面積は一坪、一反といって計った。メートルやグラムは学校では習ったが、日常生活の中では使わなかった。

「六尺ゆたか」といえば大男のことで、「一升酒」といえば大酒呑み、大飯喰《ぐら》いの人を一升飯を食う、と表現した。

「ユスリカ一升」はつまり、「それほど沢山」という表現なのである。だから、

「えっ？　一升の虫ってどれくらい？　何グラム？」

などと訊いてはいけない。

「粉糠《こぬか》三合あれば婿にはいくな」

という諺《ことわざ》がある。この諺について孫が訊きにきた。三合というのはどれくらい？　というのだ。そこで米櫃《こめびつ》の中の一合桝を出して孫に見せ、

「これが一合です。おばあちゃんはこれに二杯、つまり二合のお米を炊いて三日かかって食べています。それほど少食なのは、日夜アタマを使っているからで、あんたのような大食いはアタマを使っていない証拠なのです」

と余計なことをつけ加えながら説明した。

「この一合桝に三杯、その程度の少しばかりの粉糠があれば……（といいかけて気がつき）糠というのは玄米を精白する時に出る玄米の皮とか胚乳とかのカスですよ。お腹の足しにもならないそんなものでも三合あれば……（と註釈を入れ）、この三合はね、『僅か』という意味に使われているのだから、三合とは何グラムかなどと考える必要はない――」

無知な相手だと思うと、説明がこのようにくどくなってしまうのである。

「つまりとるに足らない僅かなものでもあれば、他所《よそ》の婿になんぞなりなさんな、という意味でね。これは男社会における男意識から出た諺であるという考え方もあるけれど、婿にいくとはそれほどつまらない、辛い立場になることだよ、と警告している――あるいは婿に入った男のこれは痛切な悔恨の言葉かもしれないわね」

「ふーん、そうなの、わかった」

面倒くさそうにいって孫は戻っていったが、本当にわかったのかどうか、あんまりくどく説明したので聞いていなかったかもしれない。

何とも面倒くさいことになってきたものだ。ものを書くにもしゃべるにも、これは大丈夫か、これではわからないのではないか、といろいろ考えなければならなくなった。もの書きとしての私の命ももはや終り近いなあ、と思う。そんなところへ娘がきていった。

「桃子がね、インターネットで自分のサイトを持ちたいっていってるの」

「サイトって何なの？」

「ブログとか、自分で書いたイラストとかを……」

「ブログってなに？」

「ブログというのはね……」

といいかけて、

「もういいわ。どうせいってもわからないんだから」

と出ていった。向うは向うでやっぱり困っているらしいのだった。

さくらと私

私のベッドの左側にあるサイドテーブルには、電気スタンドと夜光時計と電話があって、テーブルの上はいつも整然としていた。それは何年くらい前のことだろう？　いつ頃からかそこには少しずつ物が増えていって、この頃はゴタゴタといっぱいに並んでいる。

最初に増えたのは老眼鏡だった。それからティッシュの箱が増えた。昼間だけだった花粉症が、夜も起るようになったためである。次に目薬が増えた。目が乾くので始終涙が出る。それを抑えるための目薬で、眠る前、目覚めた時にそれをさす。

それから梅干を入れた小さな瀬戸の蓋物《ふたもの》がある。夏冬問わず突然、夜中に脚が攣《つ》るようになったが、梅干を食べるとそれが治るのだ。俗にいうコムラ返りというやつで、どうやら老化現象のひとつであるらしい。学校時代の友人が集った時、「わたしも攣るわ」「わたしも」「わたしも」と口々に嘆きが出た。その中の一人が、「攣った時に梅干を食べると不思議に治る」と教えてくれた。その時から、サイドテーブルに梅干が加わったのである。

確かに、梅干はよく効く。いや、効いた、というべきかもしれない。七十代の頃は毎夜のようにコムラ返りが起っていて、その都度、梅干に助けられていた。八十代に入ってからは、かつてのような即効性はなくなったが、その代り七十代のように頻々と起らなくなった。これは治ったというよりも、更なる老化によるもの（もはや脚が攣る力もなくなったということ）ではないかと思っている。それでも、一応はお守り札のような気持で置いている。

そのうち、吸呑みとペットボトルが加わった。睡眠中にのどがカラカラになって、湿りがほしくなるからである。ボトルの水はそればかりでなく、火急に薬を飲まなければならなくなった時に必要である。なぜ、夜中に薬を飲まなければならなくなるのかというと、夕食にアブラものや肉類を食べた時に、深夜になって突然、胃から胃液が逆流してくるようになったためだ。その時に飲む錠剤が小さなガラスのケースに入っている。そのケースには就寝前に飲む「血をサラサラにする薬」も入っている。

これが「老いる」ということなのだ。

そう思いつつ、私はサイドテーブルの上のそれらを眺める。そうして思う。そのうちにもっといろんな物が増えていくのだろうなあ、と。

例えば薬のたぐいが何種類も並ぶようになるかもしれないし、体温計、血圧計、二階の娘たちを呼ぶためのインターフォンなども必要になるかもしれない。

そうしてやがて、今度はそれらの品物が少しずつ数を減らしていく。まず、老眼鏡がいらなくなる。梅干は？　どうだろう。うんと弱ってしまうと脚も攣らなくなるのではないだろうか。吸呑みは最後まで必要だろう。胃液が上ってくるほど食べなくなっていれば、その方面の薬はなくなっているだろうが、代りに並ぶ他の薬の数はうんと増えているかもしれないから。

そうしてある日、サイドテーブルの上からは何もなくなる。わたしは死んだのである——。

そんな想像を人に話すと「そんなバカなことをいうのはやめなさい」とたしなめられた。だが、どうしてそれが「バカなこと」なのか？　人はみな、やがて衰え、死んでいく。それが生きとし生けるもの、万物の自然である。なるべくしてなっていくというこの自然のなりゆきに目をつむり、横を向いて、無理に頑張ることもないのではないか？　エネルギーがある時は自然に頑張れるのだから、大いに頑張ればいい。エネルギーはなくなってくると頑張りがきかなくなってくるのだから、その時は頑張らなければいい。頑張らなければいけないということはないのだ。自然に委せればいい。

無理をすることはない。若さと元気ばかり追い求めていると、ある日、突然しっぺ返しを喰うことになるかもしれない。その時に慌てないですむように、日頃から自分の衰えを見守っておきたい。そういう心境で老いていくのが私の理想なのである。

ところで我が家の前庭の大桜は、今年も花を咲かせ、道行く人を楽しませてくれた。この桜については今までに何度も話題にしているので、古くからの読者の中には馴染みになって下さった人もおられるだろう。私がこの家に引越してきた時、既に大木であったこの桜は、今年で五十二年目の花を咲かせてくれた。私は桜と共にこの地に五十二年、住み暮らしたのである。

ところがある夕暮、散歩がてらの夕餉《ゆうげ》の買物から帰ってきて、歩みをゆるめながら満開の桜を見上げているうちに、どうも今年の桜はいつもより花が少めであるような気がした。よく見ると道にせり出した太い枝の何本かにはたわわに花がついているが、目を更に上の方に向けると大屋根に近い太い枝が一本、枯れているのがわかった。花のつきが例年よりもどこか寂しいと感じたのは、そのためだったのだ。

すぐに植木屋の高桑さんに来てもらった。残念ですね、寿命がきているんですね、といわれた。枝は一本だけでなく、更にもう一本、枯れているのを高桑さんは見つけたのだ。すぐに、駄目になるということはありませんが、こうしてだんだん衰えていくのでしょう、という。

何とか救う手だてはないかというと、ないことはないが、それには前庭に敷いてある石畳や他の植木を退《ど》かさなければならないので大仕事になります、といわれた。私には負担しきれない費用がかかりそうである。

「残念ですが、仕方ありませんねえ……」

「そうねえ……」

と言葉少なにいい合って、高桑さんは帰って行った。

私がここへ来てから五十二年。その時、この桜はもう大木だったから、それまでにすでに二十年か三十年は生きてきていたことになる。とすると、八十三歳の私と同い年ぐらいかもしれない。そう思うと何かしらん「ホッ」とするような気持になった。「納得！」という気持でもあった。

以前から私は、私が死んだ後のこの桜のことが気がかりだった。私は娘夫婦と二世帯住宅を建てて暮らしているが、私がいなくなったら娘夫婦はこの家を売却しなければならないことになるかもしれない。たとえ売らずに住みつづけることが出来たとしても、年に何回か植木の手入をする余裕はないだろう。よしんば余裕があったとしても、庭の手入にお金をかける気にはならないかもしれない。

家が売却された時には、この桜は多分伐り倒されるだろう。売却されない時は、庭は草ぼうぼう、私が愛《め》で、いつくしんだ桜は無残な姿を晒すことに（ならないかもしれないが）なるかもしれない。折にふれそう思っては私は暗澹となっていたのだ。

だが、その桜に、もはや寿命がきたという。

——そうか……これでよかった……。

と私は思ったのだ。これで私は心残りなく死ぬことが出来るのである。あたら命があるものを、人間の都合で断ち切るのではなく、自然の流れに従って、徐々に枯れ、朽ちていくのは桜にとって本望にちがいない。私はそう思う。彼は十分に生きた。あとはその時がくるのを待ってそれに身を委せればいいのである。めでたいことだ、そう思い、私は安心した。

——これでいいのだ……。

と「天才バカボンのパパ」のように呟いたのだった。

ある日、私とほぼ同年輩のNさんが来て、四方山《よもやま》話をしているうちこんな話になった。

彼女は週に一度、区の老人会に出ているが、そこでは皆で歌を歌ったり、軽い遊戯をしたりするのだそうである。彼女がその日を楽しみにしているのは、そこで出される昼食がおいしいからで、先週は、

「とってもおいしい五目ずしにこんにゃくの白和《しらあえ》、おすまし。それにお漬物がまたおいしいの！」

ということだった。そのおいしい昼食をいただいて彼女は「ありがたい世の中になった」としみじみ思うのだが、しかしその後で歌う歌が、なんとも我慢出来ないのだといった。

「どんな歌だと思います？　それがねぇ、『うさぎ追いしかの山』なんですよ！」

「ああ、『ふるさと』という歌ね。懐かしいわね」

と私がいうのにかぶせて、

「それに『かァらァす　なぜなくの』とか『われは海の子』とか……どうしてこんな、古くさい子供だましみたいな歌を歌わなければならないんでしょう！人をバカにしていますわ。『むーらのちんじゅの神さまの』って歌、知ってま

す？『きょうはめでたいおまつり日、どんどんひゃらら　どんひゃらら……』」

と彼女が歌ったので思わず私は、

「いいじゃないの、童心に帰って……」

といったが、Nさんは、

「バカバカしくて歌ってられません！」

憤然となった。

「それで私、いいました。私たちは子供じゃないんですから。もっと時代に添ったおとなの歌を歌いましょうって！」

そして彼女は「千の風になって」（作詞不詳　日本語詞・作曲　新井満）を推したという。私がそれはどんな歌かと訊くと、

「私のお墓の前で　泣かないでください
そこに私はいません
眠ってなんかいません」

とNさんは歌った。どうやら大悟した死者のやさしい気持を歌ったものらし

い。

「千の風に　千の風になって
あの大きな空を　吹きわたっています」

死は決して悲嘆ではない、と思っている私はこの歌が人々に受け容れられていることに違和感はない。しかし、区の老人会で七十八十のじいさんばあさんが、これを合唱する光景はどんなものだろう？　なんというか、この大らかな歌が、「しみじみ」というよりもうら寂しいような、情けないような、もの悲しいような、

「私のォ　お墓のまーえで　泣かないでください」

と歌われてもなァ、という当惑が（聞く人に）くるのではないだろうか？

（少くともこの私はそうなる）

老人には昔から歌い馴れてきた歌が、ダサかろうと、幼稚であろうと、歌い易くて一番いいと私は思うのである。私が老人会で歌うとしたら、例えば「お猿のかご屋」がいい。

「エーッサ　エーッサ

エッサホイのサッサ
お猿のかご屋だ　ホイサッサ……」

明るくて調子がよくて、童心に帰り、元気が出る歌ではないか。しかし、Nさんは、

「あらァ、そんなのォ」

と顔をしかめる。Nさんは年は私と同じでも気持が若いのだ。(あるいは若くなければならないと思っている)気が若いからこそ、

「私のォ　お墓のまーえで」

と美声をはり上げるのが気持いいのだろう。まったく人はさまざま、老い方もさまざまである。

Nさんは「死」を向うに押しやって、「私のお墓の前で」と歌う。私は視野に「死」の影を浮き沈みさせながら、「エーッサエーッサ、エッサホイのサッサ」を歌いたいと思っている。

人はそんな私に矛盾を見るかもしれないが、私はそうは思わない。それは何のかのいっても、まだ私は私なりに「生きている」ということなのだから。

苦《ニガ》虫《ムシ》

梅雨明け宣言はまだ出ていないのに、突然猛暑がきて、今日は四日目である。二階の娘は階段を降りてくるなり、「キャア」と叫び、

「なんなのよ、これは！」

と殆ど怒っていった。二階は朝からクーラーをつけているというのに、私の方は蒸し風呂さながら、その中で私はムッとして坐っているのだ。

ムッとしているのは高温多湿のためで、こんな異常な状態の中では機嫌よくしていられるわけがないのである。

「なんなのよ、これは！」と娘がいうのは、なぜクーラーをつけないのかという意味である。それで私は黙っている。いちいち答えなくても、四十七年も親子できたのだから、わかっている筈である。しかしわかっていても、娘はいわ

ずにはいられないらしい。

「なんなのよ、これは！」と。

一般家庭にクーラーというものが普及し始めたのは、娘が小学生の頃だった。その頃私は四十代の意気軒昂たる時代で、何ごとも「克己」を旨とする生活を心がけていた。

「夏は暑いものと決っている。人はみなその暑さを受け容れ、それによって心身は鍛えられるのである」

と折にふれ演説をし、我が家にはクーラーはなかった。（もっとも半分はその頃の我が家の経済事情があったのだが）私も娘も汗ダクの日常に耐えていたのである。

とはいえ、暑い中を汗を流して訪ねて来る人（私の仕事上、編集者や記者）にまで、私の克己主義を押しつけるのは気の毒である。そこで応接間にだけクーラーをつけた。その頃、百円玉を入れると一時間だけクーラーが作動するという新案（？）クーラーを売りに来た人がいて、私は喜んでそれを応接間につけた。その百円玉は鍵のかかる部所に溜る仕組になっていて、月末になると業者が集金に来る。その代り機材は格安だったのだ。

小学生の娘は来客が去った後の応接間に入って、クーラーの残り時間に浸るという（今思うと）哀れな有さまだったが、それを知った編集者の中には、帰る時に娘のために更に百円玉を投入して帰って行くという、心やさしい人もいたのである。そのうちクーラーの味を覚えた娘は、台所の小銭入れからこっそり百円玉を取り出しては、クーラーに入れてその下でスヤスヤと昼寝をするようになったのだった。

その時から、ほぼ四十回の夏が過ぎていった。


「暑さに勝つには仕事をするに限る！」

といい、向うハチマキで机に向い、ひと仕事終ったあとハチマキに浸みた汗をポタポタと絞ってみせて、

「これ見よ！　これぞ吾輩《わがはい》の生ける印《しるし》なり」

と見せびらかしたりしていたその私が今、「瀕死のニガ虫」という趣で、ムッとして動かないという有さまになり果てたのだ。四十年の間にこの国の夏は、

年を追うごとに湿度が高まって耐え難い暑さになってしまった。昔は「三十度」と聞くと、「ヒエーッ、三十度！」とびっくり仰天したものだ。だが今は三十度なんて驚かない。三十二、三度も驚かない。そのうち四十度くらいになって、漸く「ヒエーッ！」になるのかもしれないと思う。

この耐え難い暑さには抵抗出来ず、どこの家でも軒並クーラーをつける。すると戸外のクーラー室外機から湿気を帯びた熱風が吹き出る。その熱風は何しろ軒並であるから忽《たちま》ち街を蔽《おお》い、自然の暑さに人工の暑さが加わっていやが上にも気温は上昇するのである。

何という矛盾。涼しく快適に過そうとするために、却って暑さを助長する。それを凌ごうとしてクーラーを強め、更に街を暑くする。快適と不快の追いかけごっこだ。それを知らないわけではないのだが、だからといってやめられないという怖ろしい循環の中に我々は生きているのである。朗らかに、元気よく暮らそうとすれば、クーラーに頼らなければならないのだ。汗を流すのは、身体の老廃物を出すから健康によいということになっていたが、この湿気の多い暑さの中では汗も出ない。出るべきものが出ずに内攻して、身体の中に沈澱物が堆積し頭が朦朧《もうろう》状態になっていく。もう「克己」もヘチマもない。「暑さを受け容れ、心身を鍛える」なんて空理空論になってしまった。そうしてついに私は応接間にも書斎にもクーラーを設置し、スイッチをONにして、涼風に吹かれつつ、

「我、敗れたり……」

と呟く。

「どうしてそう大袈裟《おおげさ》なの」

と娘はいう。私は黙って敗北感を噛みしめている。そんな夏になってしまった。

久しぶりに山手通りをタクシーで通って驚いた。この通りで道路工事にぶつかったのは確か五、六年前である。東京という街の道路は年中どこかで工事をしているので別に気にも留めなかったのだが、五年経ってもまだ工事がつづいているのには驚いた。いったい何の工事かと運転手に訊くと地下高速道路を造るのだといった。思わず私は「大丈夫なの」と口走ってしまったが、運転手に

はその意味は通じず、

「これが出来れば渋滞は大分らくになるという話です」

とむしろ喜んでいるようだった。

そこを通り過ぎるとまた地下で何やら工事が行われている様子の囲いがあって「電気工事」の立札が立っている。今や東京の街は「掘って掘って掘りまくり」という状況になっているのだ。網の目になって走る地下鉄、地下道、地下街、ガス、電話、電気、水道、下水道、みな地下にある。狭い日本ではもはや上へ伸びるか下へもぐるかしなければどうにもならない状態であることは理解できるが、もしここで大震災が起きたらどうなるんだろう、という心配が頭を擡《もた》げずにはいられない。

あちこちで地割れ陥没が起きたらどうなる。ガスは噴き出る、水道管は破裂する、陥没につぐ陥没の中、順々に落下していって、悪臭漂う下水道の汚水の中にボチャンなんて、たまらないわ、と運転手にいうと彼はさもおかしそうに、

「お客さん、漫画みたいなこと考えるんですね」

こういうヘンなことを考える人間はどんな顔をしているのか、と好奇心に駆

られた様子でふり返った。

「そんなことはちゃんと考えて造ってるに決ってますよ」

それはそうかもしれないが、新潟中越沖地震で問題を起している柏崎刈羽《かしわざきかりわ》原子力発電所でも「ちゃんと考えて」造られた筈ではなかったのか？　テレビを見ていると電力会社の人が出てきて、これが造られたのは昭和五十年代で、その時点では建物の下に活断層がきていることはわからなかったのだと答えていた。三十年前はレベルがまだ低かったのだそうである。

何十年か先に私の「漫画的発想」が現実に近いものになり、「あの時はレベルが低かった」と釈明を聞くことにならねばよいが……と私は運転手にいいたかったが、面倒くさいのでやめた。

二十世紀から今世紀に入って、驚異的な科学の進歩が人間を鈍感にしてしまった。鈍感にならなければ生きていられない世の中になったのだ。昔人間――つまり科学の進歩がゆるやかだった時代の人間は、自然が持っている偉大な力を信じ怖れたものだ。

昭和二十年代、民間人も飛行機を利用出来るようになった時、怖がって乗ろうとしない人が沢山いた。あんな巨大な金属のかたまりが空に浮かんで飛ぶなんて、地球に引力がある限り不自然なことだと多くの人が思った。その感覚は正しいと私は思う。だが少しずつ人は利便性に馴れ、今では飛行機を怖れる人は臆病者、ヤバン人と笑われる。飛行機事故はあるかもしれない、あって不思議ではないといいながら、我々は平気で乗るようになったのである。

高層マンションは眺望が利き、騒音は聞えず、空巣の心配もない確かに快適な住居であろう。しかし昔人間は思う。大地震がきて電気が止ったらどうなるか？　何十階の階段を上り下りして水を運ぶのか？　水洗トイレはどうなる？　買物は？　逃げ場は？　エレベーターの中に閉じ込められて何時間も宙吊り状態でいることに平気でいられるか？

だが人はいう。

「そういう時のフォローの用意は当然、してあるでしょう」と。

しかし柏崎刈羽発電所も「ちゃんとしてあった」筈なのである。

科学文明は人間を鈍感にした。この文明を信じて生きるには鈍感になる必要があるのだ。わざわざ「鈍感力」を推奨しなくても、現代人はもう十分に鈍感なのである。

何回か見ているのだが、見るたびに呆気にとられて、何の宣伝なのかいまだに頭に残らないテレビコマーシャルがある。

若い美女がグシャグシャのベッドの中で呟く。

「ハラへったァ……」

寝巻だか何だかよくわからないがシャツにショートパンツ姿でベッドから出て、キッチンでなにやらしている。「なにやらしている」としかいえないのは、「ハラへったァ」の台詞にあまりに驚いて、「見れども見えず」という状態になったためである。

そのうち美女はベッドに坐って、器の中のものを食べて、そしていった。

「うめえ！」

そうして再びグシャグシャのベッドにもぐり込む……。

そういう映像だ。私はムッとしてテレビを睨《にら》んでいる。暫くして気をとり直していう。

「いったい……」

その後を言葉にするとしたら、「何を考えてこんなものを作るのか」であり「これを醜悪だと思わない感性とはどんな感性か」であり、最後は「日本人はここまで品位を捨てたか！」である。

別の日私は娘を呼んで、同じコマーシャルを見せた。日本女性の美徳とはほど遠い娘であるが、その娘でさえ、

「呆れたねえ……」

と眉をひそめた。

「多分、これが今の若い女の姿だといいたいんでしょう」

「批判してるつもりなの？」

「いや、若い女性が面白がる、アピールの力があると思ってるんでしょ」

「ふーん」

というしかなかった。若い日本人はもはや醜いことにも鈍感になってしまったのか！（おしゃれをしながら）説教、演説好きの私ももはやいうべき言葉はない。

クーラーの涼しい風に吹かれながら、私は苦虫を噛みつぶしている。

クヨクヨの後

この夏の初めのことである。S出版社で二時間のインタビューを受けた帰り、親しい友人Sさんと神楽坂で食事をしている最中に、急に気分が悪くなった。

「気分が悪くなった」と一口にいうが「気分が悪い」とはどういう気分なのか。ムカムカして吐きたいようなのか、熱っぽくてだるいのか、フラフラするのか、イライラするのか、気分の悪さにもいろいろある。ただ「気分が悪い」というだけでは判断のつけようがない。なぜもっと正確に表現しないのかと私はよく娘たちを叱っていたが、何ともいいようのない気分の悪さ、「気分が悪いというしかないような気分」というものがあることがはじめてわかった。

とにかく説明のしようがない気分であるから、「ちょっと気分が……」とあいまいにSさんに断ってトイレに立った。といって別に吐きたいとか下したいという欲求があったわけではない。

「こちらですか？　トイレ」

と店の人にいったことまでは憶えている。

気がついたら私はトイレの床にペタンと坐って壁に凭《もた》れていた。目の前に洋式便器がある。つまり、便器に坐る前に私は気が遠くなっていたというわけである。心配したSさんが様子を見に来てくれたので正気に戻り、ぼーっとしたまま立ち上って店の二階で休ませてもらうことになった。

そこには上等らしいソファやテーブルがあって、どうやらクラブのようだったが、時間が早いのでお客はまだ来ない。ゆっくり休んで下さいとバーテンダーのような男性が愛想よくいってくれたが、その言葉に応答したような気もするし、しなかったような気もする。崩れるように長椅子に横になったまま、小一時間眠ったあと、Sさんに送られて家に帰った。その翌日から何も食べられなくなった。

私は少食の方で朝はコップ一杯の牛乳を飲むだけである。その一杯の牛乳だけで、胃のあたりがパンパンに張って、いわゆる膨満感がくるようになった。

そのうち牛乳ばかりかコップ一杯の水で膨満感がくるようになった。四六時中、胃が重苦しく食欲がない。食べないのでみるみる痩せた。計ってみると一週間で三キロ痩せていた。

近所の医院へ行くと、「そういう場合はまず胃カメラで検査します」と無造作にいわれ、私は、

「はァ」

といったきり言葉がつづかなかった。その沈黙には私の抵抗が籠っているのである。そもそも私は病院というものが大嫌いである。嫌いになったのにはわけがある。今から三十年ほど前のことだ。私は胆のう炎の痛みに苦しんでいた。過労してアブラものを食べると痛み出す。原因は胆のうに石があるからだった。

それを知った遠藤周作さんが胆のう専門の病院を紹介してくれた。私は気が進まなかったが、遠藤さんから「ほっといてガンになったらどうするんや！」と叱られて、渋々、（遠藤さんへの義理から）行った。

その病院の治療法は口からゴム管を少しずつ奥へ——つまり食道から胃、十二指腸、胆のうへと入れていき、そこに薬を流し込んで石を解かすというもの

だったらしい。らしいというのはそういう説明がされたわけではなく、とにかくゴム管を少しずつ呑み込んで奥へ入れていくということを教えられただけだったからである。「教えられた」というのは、お医者が入れてくれるのではなく、自分で入れなければならないので、その入れ方を教えられた、ということである。

ところが私の場合、ゴム管が入っていかない。こう見えても私は神経質なところがあって身体の中に異物が入っていくことに対して、肉体が拒絶反応を起す。食道や胃がそれを押し出そうとして収縮するのだろう。私見だがそう思う。つまり、素人の私がここで私見を述べなければならないほど、病院側は何の説明もしてくれなかったということだ。

即ち私は「人間」としてでなく、「物」としてあつかわれているのだった。

一週間通ったがついにゴム管は私の食道から先へは一歩も進まなかった。ついに私は、

「私は人間である。詰った水道管ではない！」

と叫んで断乎通院をやめてしまった。

だから私の胆のうにはいまだに石がぎっしり詰ったままである。石は詰っているが、なぜか炎症は起らずそのまま私は元気に生きてきた。

だからそれはそれでよかったのである。


にもかかわらず、今になって胃カメラを呑まなければならないとは！　私の胸は潰れた。口から奥へ管を入れるのはもう沢山だ。私はお医者さんに三十年前のその経験を話し、だからイヤなんですと、わざわざ顔をしかめてみせてそのイヤさをアピールしたつもりだったが、お医者さんはただ、面白そうに、

「アハハハ」

と笑っただけであった。そうして書類を取り出してサラサラと何やら書いて、これを向うの先生に渡しなさい、とさし出す。向うというのは近くの保健センターという所で、病院ではなく検査を専門にしているという。病院でなければ、いくらかマシか？　と思って自分を慰めているうちにあっさり検査の日が決ってしまった。

周りの人は胃ガンを心配している。私も心配でないことはないがそれよりも

「ゴム管呑み込み」の恐怖で頭がイッパイである。胃はもとより全身硬直というあんばいだった。胃カメラを経験したことのある人はみな涼しい顔をして、何も心配はない、皮下注射と、のどへ麻酔を噴霧する方法と二種類あるが、その両方をしてもらえば万全だ。眠っているうちにすんでしまって、ホッペタをピタピタ叩かれ名前を呼ばれて「終りました」といわれるだけ。ゴム管、ゴム管っていうけどそれは三十年も前の医学だから今は違います、細い細いしなやかな管で先に小さなカメラがついているのだからなんてことない、と私の心配を笑う。いつも何かにつけて私が説教を垂れている輩《ヤカラ》がヘンに勝ち誇った顔になっていうのであった。

そうして遂に検査の日がきた。保健センターは私の家から歩いて十五分ほどの所にある。雨もよいの九時半、娘同行で行った。待つ間十分ほどで問診に呼ばれる。本人確認や病歴などを質問された後、

「今まで麻酔のために何か支障が起きたことがありましたか?」

と訊かれた。「いいえ」と答えようとしたその時、ふと頭に浮かんだことがある。三年ばかり前、歯医者さんで奥歯を抜くことになって歯ぐきに麻酔注射

をされた。すると忽ち心臓の動悸が強まってきて、だんだん激しくなった。歯医者さんは驚いて抜歯は中止になり、その歯はいまだに抜かれずにある。よせばいいのに、そのことを話したものだから、問診の女医さんは急に緊張の面持《おもも》ちになり、立ち上って別室へ入って行った。間もなく出てきて、

「ではこれから胃カメラ検査をしますが、麻酔なしでやります」

というではないか。呆然《ぼうぜん》としたまま、何もいえない。ムッとして女医さんのきれいに化粧した顔を睨むばかりである。

「歯医者さんでそんなことがあったのですから、用心のためにね」

私は気を取り直していった。

「でも、のどの奥に噴霧するのと、歯ぐきに注射するのとでは、違うんじゃありませんか」

必死の抗議をしたが、美しい化粧は馬耳東風。

「大丈夫、大丈夫、たった七分ですから」

軽く言われ、背中を押されて検査室へ入れられてしまった。

そこがどんなふうだったか、覚えているのは、かつてはでっぷり太っていた

ようだが、今はでっぷりがやや落ちてきているといった趣の、初老のお医者さんがにこやかにこちらを見ていたことだけである。検査台がどんな形だったか、まわりがどうなっていたか、何も思い出せない。覚えているのは、

「ハイ、ここに横になって。身体をくの字にして、そうそう、そうです。さあ、口を大きく開けてみて。アーン……」

いわれるままにアーンと口を開けたとたんに、何やら固いものが口の中に嵌《はま》り、「ア」とも「ウ」ともいえなくなったまでは覚えている。その途端に「やられた！」と思った。これでは猿轡《さるぐつわ》同然。「やめてくれ」とも「苦しい」ともいえないではないか！　と思ったことも。

人はみな、この私を豪胆な人間だと思っているようだが、実をいうと私は人一倍心配性の怖がりなのである。それというのも多分、つまらない想像力があり過ぎ、我儘過ぎるためなのだろう。だが、その心配性は、想像の世界からいざ過酷な現実に直面すると忽ち豹変する。いい替えると心配が「ヤケクソ」に昇華（？）するのが私の特質なのである。私は切腹の場に臨んだ武将の心境というか、三下奴《さんしたやっこ》がやくざに囲まれて袋叩き寸前、「打つなり蹴るなり殺すなり、

何でもしろィ」と喚《ワメ》く心境というか、俎《マナイタ》の上のどじょうから鯉に変化した。

――よし！　受けて立つぞ！

そんな度胸が出てきたのだ。

――七分だもの、たった七分。家からバス停まで行く時間――そう思えば、耐えられないことはないのである。胸の奥を胃カメラが進んでいるらしい感触に、時々、

「オエッ！」

となりながら、

「大丈夫、大丈夫。大きく息を吸って、ハイ吐いて……おう、おう、お上手、お上手。その調子、その調子……」

まるで赤ン坊をあやすような声が聞えてくるのに（ナニがお上手だ！　と）侮辱を覚えつつ、しかしここで怒ってはよけい苦しくなると思い、素直に息を吸ったり吐いたりして、褒められながら検査は完了した。

結果として「逆流性食道炎」であることが判明。ひそかに胃ガンを疑っていたらしい友人たちは、よかったよかった、と祝ってくれたが、麻酔なしでやっ

たと知って、さすがにみんなは驚いた。

「佐藤さんて人は何かすると必ず普通じゃないことが起るのねえ。どうしてかしら……」

と皆いう。だが私の娘は、

「余計なことをいうからよ。だいたいおしゃべりだからこういうことになるのよ」

といったのだった。後日、歯医者さんに聞くと、抜歯の際の麻酔薬と、のどに噴霧する麻酔薬とは成分が違うのだということである。だからそのお医者さんの心配は無用だったんですよ、といわれて、腹が立ったが、しかし考えてみればこの検査のお蔭で今は、この次からは何の検査でも平気だぞ。「麻酔なしO・K」という気持に私はなっている。

体験はかくも新しい力を人に与えるものなのである。だからこれはこれでよかったのである。


この一文をクヨクヨしいの弱気の人に捧げます。

話題の変遷

気心の知れた友達三人と久しぶりで食事をした。十代の頃から親しい仲間である。

「アイちゃん、あんた、まだ仕事してるんねえ。しぶといねえ」

と一人がいった。私は間もなく八十四になる。彼女は三つ下の八十一だ。後の一人は私より半年早く八十四、もう一人も似た年恰好である。三人とも夫を見送り、遺産と年金で静かにその日その日を送っている。

しぶとい？……そういうことになるのかなあ、と私は思う。「しぶとい」という言葉は広辞苑では「強情」「片意地」「頑固」とあまりいい意味に説明されていないが、最後にひとつ「ねばり強い」というのがある。一般には、「これでもくたばらんか！　しぶとい奴だ！」とか「しぶとい嘘つき」「しぶとい嫁」

など、怒りを籠めて使われる場合が多い。しかし相撲の世界では「土俵際でしぶとく怺《こら》えて、横綱をうっちゃった」と、褒められていることがある。彼女は私をそういうニュアンスで「しぶとい」といったのであろうと、私は鷹揚《おうよう》に笑ってみせたのだった。彼女の本音はそうではなかったのかもしれないが。

さて、何年くらい前のことだったか思い出せないのだが、かつて私は「女の集りでの話題の変遷」についてこんなことを書いた覚えがある。

女学校を卒業して暫くは、誰が結婚した、誰に子供が生れた、誰のご主人が出征した、戦死した（何しろ戦争たけなわの時代ゆえ）、やれ米がない、砂糖がない、かぼちゃ飯のおいしい炊き方から、誰それの家が空襲で焼けた、というような切実な話題だった。やがて戦争は終り、どうにか暮らしが落ちついてきた頃（三十代）の話題は専《もっぱ》ら姑の悪口に花が咲いた。四十代に入って姑の勢力が落ちてくると夫の悪口が始まる。五十代になると嫁の悪口。そして六十代は夫、嫁、息子（女房教育出来ない）の悪口と盛り沢山になり、そうして七十代になると孫の悪口に移る。昔々のおばあさんは孫自慢に相好を崩したものだが、我々は今や理解不能になった孫の自慢など出来るわけがないのだ。

生涯を悪口をいって通したということは、大正生れの日本の女のありようを象徴しているではないか。我慢忍従は美徳であると教えられ、それを信じて懸命に自我を抑え（蔭での愚痴悪口を唯一のはけ口、命綱として）生きてきたら、あにはからんや、だんだん世情が変って、「嫁が姑の、姑が嫁の悪口をいう」という我が国の女性の伝統はいつか消えようとしているではないか。今の嫁は姑の悪口をいわない。彼女たちは姑のことなんか、どうでもいいのである。無関心だ。それよりもおしゃれや買物や習いごとや食事の集り（ノミ会ともいう）、趣味や子供の学校の行事などで毎日が忙しい。一方、姑の方も「嫁に寛容な姑」であることに自負を持ち、いかに嫁と仲がいいかを自慢げにいう人や、ひたすら自分の楽しみへの追求心に燃えて旅行や外出、趣味に明け暮れる。あるいは若返り法の実践に忙しく、嫁は嫁、孫は孫、我は我。楽しい老後を目ざして元気イッパイ。悪口なんかいっている暇がない。

姑は姑でも古い方（つまり我々世代）の大姑《おおしゅうとめ》は大老の権力を失い、精根尽きて悪口をいう力は萎えてしまった。今になっては何をいっても意味がないのである。時代は変った、という詠嘆があるだけだ。

そこで話題の流れは「腰痛」「膝痛」「血圧」「血糖値」「コレステロール」「夜中のおしっこ」「目がかすむ」「脚がつる」「入歯の具合」といったものになった。

「もう生きててもイミがないわ。いつ死んでもいい」

「ポックリいきたい。それだけが望み」

といいながら、血圧が高い人は何を食べればいい、牛乳は欠かさず飲むこと、いや、年とってからの牛乳は飲みすぎるとよくない、などと健康談義をくり広げる。暇なものだからテレビや長生きの本などをよく見ていて、雑知識は豊富である。悪口をいっていた頃に較べると、少し上等な話題になったといえるかもしれないが、健康や長生きに関心のない私には退屈である。私には悪口の方がずっと面白かった。（少くとも活気が出た）

――そしてこの後、八十代に入っていくと、話題はどう変っていくのだろう？　そう私はエッセイを結んだことを思い出した。

そうこうしてついに八十代が集ることになったのである。「悪口党残党」ともいうべき大切な仲間も、年々減っていっている。話題はその寂しさから始まり、それにしても情けない時代になった。悪口いうてもいい甲斐がないから黙ってる。昔は悪口いうと元気が出たもんやけどねえ。わたしらが若い頃の年寄りはよかったわねえ。若いもんにお説教するのが毎日の生甲斐やったもの……。

というあんばいで気勢が上らぬこと夥《おびただ》しい。

しかし残党なりにこうして集ってみるとかつての習性が次第に蘇ってきて、

「まったく、今の男、六十代以下はみんなアカンタレや。女房に押されて何もいえない。子供にバカにされて頭かいて笑うてる」

「女がイカン。何の根拠があってのことか、自分はゼッタイ正しいと思ってる」

「男は根性なし。女は自己チュー」

「だいたい男たる者が禿隠しのカツラをかぶって若いつもりでいるのが笑止千万！」

「考えることは見た目ばっかり、美人ぶってるのはたいてい整形顔やと思たらええ」

昔とった杵《きね》づかというか、だんだん熱が籠っていく。

「タレントのA川A子。あの人は見るからに整形顔やねえ」

「B山B子は目をやってる」

「C野C子はハナ」

「けどあのハナは失敗やね。ハナの高さとハナの穴とがつり合うてない」

「笑うと顔が歪《ゆが》むタレントがいるわ。えーとあの人の名前……何やったか……思い出せへんわ……えーと……えーと……」

と苦悶《くもん》すれば、

「わかる、わかる。あの人ね。確かに笑うたら歪んでる。あの人の名前……あれは……」

と応じて私も苦悶する。

ここから話題は一転して「思い出せない辛さ」に入っていくのだ。いかに固有名詞、物の名、人の名が思い出せないか。それればかりか昨日の夕飯に何を食べたかさえも思い出せないことがある。いやもう、人の名前が思い出せない時期はとっくに過ぎて、今は顔を見ても思い出せない、と情けながる人、Eさんは孫の顔を忘れて、「あんた、誰や？」といったという噂。いや、それは記憶の問題やなくて、認知症ではないの？

それを認知症というなら、私も認知症かもしれない。町会費や八幡神社の管理費やら、払ったのか払ってないのか、いつもわからなくなって、無理に思い出そうとするとクラクラして気分が悪くなるのだ、と心配顔の人。

そもそも認知症とは、どういうことなのか。以前はボケという言葉で簡単に表現していたことを、重々しくいうのが認知症なのか。

いや、ボケと認知症には違いがある。私たちのは普通のボケで、認知症は普通のボケではないのだ。

いや、普通のボケは認知症の始まりではないのか？　だとすると、私もそのうち認知症になっていくということ？

だいたい、認知症とは妙な言葉ではないか。ものごとを認知するということができなくなっている状態をいうのなら、「不認知症」とでもいうのが正確ではないのか。ただでさえややこしい世の中、こういういい加減な名称をつけるのはやめてもらいたい。

「そういえばこの間、デパ地下でS子さんとひょこっと会って、お茶でも、ということになって食堂へ行ったら……」

と改めて話を始めた人がいる。彼女は「お茶でも」のつもりだったので、コーヒーを注文した。だがS子さんは五目そばとシューマイを頼んだ。おひるを食べていなかったのかと思っていたのだが、S子さんはそれらを食べ終ると、それから中華饅頭の、肉入りと餡入りを注文し、更にマンゴープリンを追加した。

これは認知症と考えるべきなのか、ただの大喰いと思うべきか？　昔、紙芝居屋のおっさんが突然大喰いになって、お櫃《ひつ》のご飯を食べ尽して尚、パンを買いにパン屋へ走って二斤の食パンを食べた、という事件があり、それはおっさんが脳バイドクにかかったからだという噂であった。

まさかと思うが、S子さんは脳バイドクではあるまいか？　紙芝居屋のおっさんはしまいに、自分のウンコまで食べるようになって、死んでしまったという話だったが……。

「まさか」

「まさか」

と私たちは口々にいい、第一、脳バイドクなんて病気は、今はもうほとんどない筈である。そんならS子さんは認知症ということなのか？　誰もはっきりとは結論を口にしない。「今日は人の身、明日は我が身」だという思いが胸に湧いてくるのである。

「そういえばT山さんがね、ちょっとおかしいのやわ」

と別の人が沈黙を破った。

「この前のお茶の会で、わたしが会費を集めたんやけど、あとでT山さんから電話がかかってきて、おつりをもらってないというのよ」

もし、つり銭を渡してないのなら、会計金額が合わない筈である。ちゃんと三百円渡したからこそ、勘定は合ったのだと、いくらいっても納得しない。翌日もまた電話がかかってきたので、面倒くさくなって三百円送ったという話である。

「ふーん、おかしいわねえ。たった三百円で」

「おかしい……。そんなミミッチイことという人やなかったわ」

「けど、ご主人が何年も寝込んではって、生活はかなり苦しいようなこと聞いてるけど」

「けど、たった三百円よ。三千円ならともかく」

「若い時なら勘違いですむことやけど……」

ボケなのか、認知症なのか、はたまた貧乏をしているのか。

「それとも、わたしがボケてて、おつり渡さなかったんかしら……」

と友の顔に不安が広がり、私たちは暫く黙ってめいめいの考えに沈んだのだった。

これが八十を過ぎた女の話題である。

嗚呼！……

白昼夢

いったいこの節の女はどうなってしまったんだ！　と思う。誰が思うのか？　この私めがである。そういうお前も女だろう。自分も女のくせに何をいっているんだ、と大方の女性は眉を逆立てるであろうことはわかっている。わかっていながらあえていうのは、この十一月五日にこの私も八十四歳の誕生日を迎え、もはや女か男かわからぬ、男でもないし女でもないという中間人間になったからである。

まだ自分は女だと思っていた頃は、女を攻撃することは裏切り行為でもあり、また己れにツバすることになると考えて控えていた。（これでも）

だがさような遠慮は捨てようと思うようになった。そのきっかけは過日、福田康夫氏の自民党総裁が決定した時のこと。何げなくテレビをつけると、新総裁になった福田氏が何かの建物から出てくるところだった。道の左右に支援者というか野次馬というか、大勢の男女が待ち構えている。その中を歩いてくる福田新総裁の背広の袖がグイと引っぱられて、ワイシャツの袖が露出する様がアップになった、と思うと、後姿なのではっきりしないが五十代か六十代と思われる女性がいきなり福田氏の前に走り出て、折りたたんだハンカチで福田氏の額の汗を拭《ふ》き始めたのだ。ハンカチは真紅である。その真紅が福田氏の額や頬を撫でまわるのを福田氏はあえて拒もうとはせず、我慢の苦笑を浮かべて立ちつくしておられる。

あまりのことに私は声も出ない。我が目を疑うとはこのことだ。一瞬後には恰《あたか》も白昼夢のようにその画面は消えて次のニュースに替ったが、そのニュースが何であったか、私は見れども見えずという状態だった。

その時、私の脳裏に忽然《こつぜん》とある情景が浮き上ってきた。何か月くらい前のことになろうか、その時も私はつけ放しになっていたテレビにふと、目を向けたのだった。画面は通路らしい所を東国原《ひがしこくばる》宮崎県知事が歩いてくるところである。そこに突然、三人の中年女性が現れた。どうやら三人は東国原知事の支援者というよりはファン（追っかけ）のようで、若い娘のようにはしゃぎながら知事に近づいて握手を求めたか求めなかったか、そこのところはよく覚えていないが、いきなりその中の一人が手をのばして伸び上り、知事の頭を撫でたのである。

ご承知のように知事のおつむは頂天が薄い。その薄い頂天を撫でるということは、その薄さをあえて強調してみせたということになる。いやそんな悪気はない、ただカワイイカワイイをしただけ、というのかもしれないが、いずれにしてもこれほど礼を失した振舞いはない。

以前、東国原知事は「そのまんま東」という芸名のお笑い系の人だった。人を笑わせ、人に笑われ親しまれることを生業《なりわい》としていた。しかし現在はいやしくも宮崎県知事である。県民の負託を受けて県の行政一切を司る権威を与えられた人だ。その人物の頭を（いやそういう人物でなくても、たとえば隣りのおっさんであっても）いきなり挨拶もなしに撫でるのは失礼であろう。

だがその時は私はこう考え直した。東国原知事はかつてお笑いの人だったという先入観から、彼女は失礼を失礼とは思わず、漫才のノリでやってしまったことなのであろうと。芸能人はみな「ファンあっての自分」だと考えているから、どんなに忙しい時でも、たとえ食事中であろうと握手を求められれば箸を置いて握手に応じるし、サインもする。ファンの方もそれを当然のように思っていて、たまに応じない芸能人がいると生意気だ、思い上っているといって怒るのである。

そんな習性が染みついているのか、頭を撫でられた東国原氏は、いつもながらの低姿勢。かねてより私は知事はもう少し普通にしていた方がいい、少しペコペコしすぎる、と思っていたのだが、その時もお辞儀をつづけながら照れくさそうなニコニコ顔で通り過ぎて行った。その時の氏の胸のうちはどんなものであったか。お笑い時代の習性から、嬉しく有難く思ったのか、それとも男のプライドが傷ついたか、それとも「すべては平等」の時代であるから、こういうことに腹を立ててはならないと自戒したか、その心中はわからない。

一方オバタリアンの方はいたく満足、浮き浮きして家路についたにちがいない。コクバルさんの（となれなれしく「東」を省略して）頭を撫でたら、彼、嬉しそうに笑ってたわ、いい人よォ、などと吹聴したであろう。

自分が好きだからといって相手もその好意を喜んでいるか、それとも迷惑に思っているか。それを忖度するのがおとなというものであろう。自分が楽しければ周りが見えなくなる。電車の中で女子中学生がワアワアキャアキャアおしゃべりして笑いさざめいている光景に出くわすことがあるが、それは中学生であるからおとなは許すのである。私も若い時にああだったなあと思い出して、顰蹙《ヒンシュク》半分許容半分という気持になる。それがおとななのである。

ああ世も末だ。かつて傍若無人は若者の特権であったのが、五十六十になっても若者と同じ意識の人が増えた。特に女に多いような気がする。昔は女は男よりもたしなみを心得て（心得させられて）いたので「傍若無人な男」はいたが女性はいなかった。男女平等の世の中、目上も目下もない平等の世の中になっていくのと一緒に「たしなみ」というものも捨てられてしまったのだろう。他人に対する敬意、礼儀、遠慮も常識も捨てられつつある。傍若無人、厚顔無恥。世の中から「人としての心得」がなくなっていく。年上が年下にものの道理を教えるという極めて当り前の、素朴なきまりはどこへ行ったのだろう。

「年を考えよ、年を！」

といいたいが、今は年を忘れて若々しく振舞うことを推奨している時代であることに気がつき、

「年を……」

といいかけた言葉を呑み込む。

「いいことですよ。日本女性が因襲から脱け出て自分に正直に行動出来るようになったのは素晴しいことです」

などと「識者」といわれる人が自信たっぷりにいう今日この頃である。

福田首相は諦念といった面持ちで、おとなしく汗を拭かせていたが、これが昔の……例えば吉田茂元首相だったなら、

「無礼者！　下れ！」

ステッキ振って一喝したことだろう。だが今は下手に一喝しようものなら、新聞、テレビ、週刊誌こぞって鬼の首でも取ったようにはり切って、非難の嵐を巻き起せば大衆もそれに追随して、やれ権力主義だの、威張りんぼうだのと批判するだろう。もしも東国原知事がオバタリアンの非礼に怒れば、「急に知事になって威張るようになった」と悪口いわれるだろう。それを怖れるので諦

念の苦笑やニコニコペコペコお辞儀でお茶を濁して我慢する。

政治家に力がなくなったと歎いている人がいたが、なくなるのは当然である。これだけメディアが小煩《こうるさ》くては持っている力も出せなくなる。こんな世の中では政治家も人気商売の人にならざるを得ないのである。

私が中年女であった頃は中年女を象徴する光景として、例えば「電車の座席の十センチほどの隙間を見逃さず、そんな所に入りそうもない大きなお尻を無理やりにねじ込んできて、入るわけがないのにと思っていたのが、チャッカリおさまっている」という図が定番だった。考えてみれば厚かましさ、臆面のなさという点では今も昔も似たようなものだが、「ねじ込み尻」の方が無邪気で痛切（中高年ともなれば疲れ易く、しかもなぜかいつも大荷物）な生活を語っている点で、掬すべき余地があるように思う。色街の客引きじゃあるまいし、袖を引っぱったり、薄くなった頭を撫でたりする厚かましさになると何とも生臭い、押しつけがましい情念を感じるではないか。

大分前のことだが、当時アメリカ大統領だったビル・クリントンが秘書だかアルバイトだかの女性に手出しして、その情事一切が世界中に知れ渡ったことがあった。それから間もなくだったと思う。クリントンが日本へ来たのは。

その時、あるテレビ局が報じた大統領のインタビューの中で、日本大衆の代表として大阪の一主婦が大統領に質問をする一幕があった。

インターネットで調べたところによるとその時、次のような会話が交されている。

主婦「モニカさん（大統領のカノジョ）の件でお聞きしたいんです。ヒラリー夫人と娘さんにどのように謝りはったんか。それからね、私やったら許されへんとか思うんですよ。お二人は本当にね、許してくださったんですか？」

大統領「非常に単刀直入に直接的に謝って受け入れてくれました。これは私よりも彼女らに聞いていただいた方がいいんじゃないでしょうか？」

アメリカ大統領もまた福田首相や東国原知事と同じように、煮えくり返る胸のうちを抑えていたことだろう。

思えば日本の女が不作法を不作法と思わなくなったのは、あの頃が始まりだったようだ。いやしくも相手は同盟国の大統領である。町内会の顔見知りのおっさんではないのだ。これもまた白昼夢だった。呆れ返っている私にこういった人がいた。

「あれはウケ狙いですよ」

「まさか……」

と私は二の句が継げなかった。だがその人のいった通り、マスコミは面白がってそれを報じて彼女をもてはやした。その後何だったか社会的な事件が起きた時、彼女のコメントが新聞に載っているのを私は見、もはや「不作法」は顰《ヒン》蹙《シュク》するべきことではない世の中になったのだと知ったのだった。

この私めがなぜもの書きになったかというと、生来の我儘者、協調性なき変奇人であるため、どうにも世の中の道徳常識におさまり切れず、人とつき合わずにすむもの書きを生業《なりわい》とするしか仕方がなかったからである。以来五十年余、自他共に許す非常識者、偏屈として生きてきた。今、その年月を省みて、この私めがなんと八十四歳になって人の常識を説くようになっているとは……くりかえし思う。ああ、世も末である。

おとなになろう

古い話だが……と書きかけて、気がついた。これはそう古い話でもないように思うのだが、当節のように次々と事件が起きると時間は飛ぶように過ぎていき、(頭はそれに追いつかず)つい二、三か月前のことでも大分前のことだったような気がしてくる。だから「古い話だが」の書き出しはやめて「いつのことだったか」にした方が間違いがなくていいだろう。

さて、いつのことだったか、全国の知事は毎週、定例記者会見というものをこなさなければならないということで、(私はそんなに新聞記者に報告することがあるんだろうか? ご苦労なことだなあ、と思っていたのだが)それについて東国原宮崎県知事が疑義を出したことが問題になった。もっともな疑問だと私は思ったのだが、新聞各紙は一斉に反発した。新聞やテレビで見た限りで

は、

「トップに立つ人にしては稚拙な質問である」

「侮蔑した質問だ」

「記者室の軽視だ」

などと攻撃の矢玉が飛んでいた。

東国原知事は、「皆さんにお伺いしたいんですが、定例記者会見って必要ですかね？」と相談をもちかけただけである。発表する事項があまりない時にこうして集ってしゃべるのは時間の無駄ではないか、その時間を活用した方がいいことは沢山あるのだから、というのが知事の趣旨だ。

それのどこがどう稚拙なんだろう。どうしてこれが記者への侮蔑になるのだろう？

いったい何が気に入らなくて、そんなに喧嘩腰になるのだろう。そのわけが私にはわからない。新聞記者と知事が話をする機会は定例記者会見だけ、それしかないという決りがあるのなら話は別だ。だが「ぶら下り」と称する（廊下などを）歩きながらの会話はあるのだから、という知事の考え方の何がいけないのか。私は呆気にとられた。知事はただ無駄な時間をはぶきたい、合理的にやってはいかがかといっているだけではないか。それに対して、

「知事は挑戦的に問題を投げかけた」

「本当のところ、知事は何を考えているのか」

とメディアは興奮状態である。

何を考えているかだって？　無駄な時間をはぶきたいと考えているだけだ。それの何が悪いのだろう。事大主義とはこういうことではないか。私の方こそ記者は「本当のところ何を考えているのか」と訊きたかった。

ところがそれに対してさる女性知事の、

「東国原知事はジャアナリズムの本質を考えてほしい」

という発言があり、全国のどの知事も日に二回の記者会見は必要である、という意見であることが報道された。

ジャアナリズムの本質、などとむつかしいことをいわれると、なるほどね、そういうもんですか、と引き下らざるをえないが、心の中では、いったい今のジャアナリズムがどれだけ「本質」を考えているんでしょう、とこっそり呟い

てしまう。

ジャアナリズムというほどのこともないテレビのワイドショウでのことだが、この件について一人、女性のコメンテーターが記者会見の録画を見てこんな意見を述べていた。

「話し方が乱暴ですよね。定例記者会見なんだからコートを着たままとは失礼ですよ。脱ぐべきですよ……」

東国原知事は背広の上に作業着というか、執務服というか、おそらく職員全員が勤務中に着ることになっているのであろう上着を着て記者会見に臨んでいる。知事も一介の職員と同じように働いている——そういう姿である。ヒツレイもハツレイもない。


こういうのを「イチャモンコメント」という。そのコメンテーターはどうやらイチャモンをつけることが「批評精神」であり、コメンテーターの役目だと勘違いしているらしかった。

「話し方が乱暴」とは彼女がそう感じただけであって、少くとも私はそうは思わなかった。知事は「無駄ではないか?」と相談をもちかけているだけである。コートを着ていようが、話し方が悪かろうが、ここはお作法教室ではないのだ。と、思っているうちに、私はイチャモンコメントに更にイチャモンをつけるという仕儀に立ちいたっていることに気がつき、これを他山の石としてこれからは気をつけましょう、と自戒したのだった。この頃は外出することもなく、家の中でゼンマイを煮たり、キンピラごぼうを作ったりしているだけの日々である。新聞テレビを見さえしなければ何の文句もない至極穏やかな日を過すことが出来るのだ。

とはいうものの、悲しいかな、折々頼まれる原稿を書いて生業《なりわい》としている身であるから、やはり世相を垣間見るくらいのことはしなければならない。そこでつい、テレビをつける。新聞を読む。するとあのこと、このこと、胸に閊《つか》えることばかり。それを口に出さずに腹の中に溜め込んでいると、兼好法師がいうように、「おぼしきこと言わぬは腹ふくるる」ことになってしまう。腹のふくれを取るためにはせっかくの自戒を引っ込めておぼしきことをいわねばならないのである。目下のところその「おぼしきこと」は世の中を騒がせる数々の事件そのものではなく、それに対する報道姿勢のお粗末さについてである。あのお粗末は「ジャアナリズムの本質」について何か考え違いをしているのか、それとも品性が下っているためか、私にはわからないが。

目下メディアでは女優の三田佳子さんの次男が覚醒剤所持で逮捕されたというニュースが飛び交っている。早速三田さんは記者会見を開いたのか、開かされたのかは知らないが、多分、「有名人」としての「義務」から世間に対して謝罪しなければならないと大方の人が考えているために行ったものであろう。(私は「有名人」だからといって、テレビで息子の不始末を謝罪しなければならないとは思わないが）その記者会見は次のようなものである。

記者曰《いわ》く、「昨日、このことをお聞きになった時、どういうお気持で受けとめられたんでしょう」

どういうお気持？　早速私は聞き咎める。

ああもう聞き飽きた。浅田真央が優勝した時もどういうお気持ですべりましたか？　だ。交通事故で死んだ少女のお父さんにも、どういうお気持でこの訃報を受けとめられましたか、だった。文学賞を受賞した人にもどういうお気持、結婚式を終えた(有名人の)新郎新婦にもどういうお気持。親友を亡くした人には葬儀場で、初産した母親には産室で。

そんなもん、嬉しいに決ってるよ! また悲しいに決ってる。口惜しいに決ってる。感極まった状況の中では、誰だってそんな単純な感情があるだけだ。そんなことは訊かなくてもわかっていることだ。そのわかりきったことを悲歎のどん底にいる人、あるいは歓喜の頂点で興奮のきわみにある人にいわせて、いったい何の意味があるのだろう。

だが記者はいう。

「こうなった原因を三田さんはどのようにお考えになっているんでしょうか。教えて下さい」

何のためにお前さんに教えなければならないんですか、と私は三田さんの代りにいいたかったが、当の三田さんはあくまで神妙に答えていた。(何と答えたかは質問者への怒りのあまり覚えていないが)

記者はかさにかかって、

「この前、同じ事件が起きた時、原因究明を人生を賭けてしていくとおっしゃいましたがどのようにしたんですか？」

　そしてまた、

「彼からの手紙にはどんなことが書いてあったんでしょうか？」

　いったい何の権利があって、息子が親に出した手紙の中身を他人のお前さんが訊くのだ。訊かれればペラペラしゃべると思っているとしたら、あんたはアホだ！　……と私の憤りはいやが上にも燃えさかったのだった。

　テレビや週刊誌は人の不幸を食って肥る魔モノである。事件が起きると屍体にたかる金蠅のようにブンブン寄ってきて、人の悲歎をむさぼる。そんなことをして、いったい何が面白いのだろう。

　すると彼らは、「知りたいという大衆のニーズに応えるのが我々の使命ですから」と必ずいう。私も大衆の一人だが、悲歎に暮れている人の気持を知りたいなんて思っていませんよ！　全国に映像が流れるテレビの記者会見で、気の毒な人が流す涙を見て喜ぶ人なんていませんよ！　もし喜ぶ人がいたとしたら、なぜ嬉しいのか、その人にこそ私は訊きたい。

「そのお気持は？」と。

だがマスコミは平気でこういう。

「とにかく視聴率が上りますから。ということは、見たい人が大勢いるということです」

いったい三田佳子が何をしたというのだろう。彼女は女優デビューをしてから四十七年間今日までスターの座を保ってきた芸熱心で知られる大女優である。ということは我々凡俗が足元にも近づけない努力と忍耐の年月を生きてきたということだ。ノホホンとして器量のよさだけでここまできた人ではない。

次男は二十七歳。とっくに一人前の男になっている年だ。今回のことは一人前の男が自己の責任に於て行ったことである。親の責任ではない。だがマスコミはこぞって三田佳子を糺問《きゅうもん》し、どこで調べたのか小遣いは月七十万円であるとか、外車を欲しいと一言いえばホイホイと買い与えたとか、甘やかし放題だからこういうことになった、と囃し立てている。しかし薬物中毒という常人にはわからない厄介な状態を引きずっている息子に対して、どんな接し方がいいのか、悪いのか、これは誰にも（医師にも教育評論家にも）わからないことだ。

もし厳しくして小遣いを制限すれば、人に迷惑をかけるようなことになるかもしれない。すると「厳し過ぎた」といって非難がくる。三田夫妻は好きで（無考えに）甘やかしているのではないだろう。あれやこれや考えた末にしたことかもしれないのだ。

政治家にしろ芸術家にしろスポーツマンにしろ、抜きん出た人が存在するにはその過程で必ず何らかの犠牲が生じるものだ。多くの場合、それは家族、身内が蒙《こうむ》ることになってしまう。立てた目標に向って突き進んで行くには、通常の人の何倍ものエゴイズムがなければ達成出来ない。情熱はエゴイズムと背中合せになっている。家族の要求や不平不満、あるいは健気に諦め我慢している姿に気がつかないこともあり、気がついたとしても無視して通り過ぎなければならないこともある。無視するよりしようがない流れにはまってしまった。そういう人生を進んでしまったのだから。

そんな彼女（突き進む人。エゴイスト）の心の奥底には、いうにいえない（今更いってもどうにもならない）呵責が積っているにちがいない。子供に強いた犠牲への思い、その呵責が次男を甘やかしてしまったのかもしれない。それを思うと私は彼女に対して批判がましいことをいえなくなる。彼女の苦しさは私にはよくわかる。私もまた（三田佳子ほどの成功者ではないけれど）自分の人生を生きるために子供を犠牲にして我が道を韋駄天《いだてん》走りに走ってきたからだ。

日本にはかつて「惻隠《そくいん》の情」という言葉があり、それは日本人特有の美徳であった。お互いに口には出さないが、ひそかに相手の気持を察しているという心のことである。スキャンダルの波に溺れそうになっている三田佳子の心のうちを思いやる人はどこにもいないのか。「どうかわかって下さい。私の抱えているこの呵責を」とはいえない三田佳子の、その胸のうちを我々は惻隠するべきだ。それが「おとな」というものである。

単行本　二〇〇八年七月　集英社刊
「こんなことでよろしいか——老兵の進軍ラッパ」
※文庫化にあたり改題しました

文春文庫

老兵《ろうへい》の進軍《しんぐん》ラッパ

定価はカバーに
表示してあります

2011年11月10日　第1刷

著　者　佐藤《さとう》愛子《あいこ》

発行者　村上和宏
発行所　株式会社 文藝春秋

東京都千代田区紀尾井町 3-23　〒102-8008
TEL 03・3265・1211
文藝春秋ホームページ　http://www.bunshun.co.jp

落丁、乱丁本は、お手数ですが小社製作部宛お送り下さい。送料小社負担でお取替致します。

印刷・凸版印刷　製本・加藤製本
Printed in Japan
ISBN978-4-16-745019-9

（　）内は解説者。品切の節はご容赦下さい。

佐藤愛子
我が老後
妊娠中の娘から二羽のインコを預かったのが受難の始まり。さらに仔犬、孫の面倒まで押しつけられ、平穏な生活はぶちこわし。ああ、我が老後は日々これ闘いなのだ。痛快抱腹エッセイ。

さ-18-2

佐藤愛子
なんでこうなるの
我が老後
「この家をぶッ壊そう!」。精神の停滞を打ち破らんと古稀を目前に一大決心。はてさて、こたびのヤケクソの吉凶やいかに? 抱腹絶倒、読めば勇気がわく好評シリーズ第二弾。（池上永一）
さ-18-3

佐藤愛子
だからこうなるの
我が老後3
締切り間際に押しかけられつい貸した百万円。ところが相手はいつの間にやらトンズラしていた、それも我が家の車で！ 疑惑のK事件を皮切りに、まだまだ続く猛烈愛子さん奮闘の日々。
さ-18-4

佐藤愛子
そして、こうなった
我が老後4
モーレツ愛子さんの、過激で愉快なシリーズ第四弾。「リコンしたおじいちゃんのこと、アイしてた?」と孫に聞かれて慌てたある日、本人が訪ねてきて……。などなど傑作エッセイ満載。
さ-18-6

佐藤愛子
それからどうなる
我が老後5
齢八十を祝われて、長生きがそんなにめでてえか、といいたくなる。私の元気のモトは憤怒なのだ、と「怒りの佐藤」の筆はますます血気盛ん。過激なる老後の身辺雑記、シリーズ第五弾。
さ-18-12

佐藤愛子
まだ生きている
我が老後6
花散るや　この家の婆ァ　まだ死なず——中山あい子の献体に死を思い、中学生の株式学習に驚き、ヨン様に熱中する主婦を嘆く。世の変遷を眺めつつ、心の底の本音を探る円熟エッセイ。
さ-18-15

佐藤愛子・江原啓之
あの世の話
「死後の世界はどうなっているのか」「霊とのつき合い方」「霊が教えてくれること」……。自ら体験した超常現象により死後の世界を信じるようになった作家が、霊能者に聞く心霊問答集。

さ-18-5

（　）内は解説者。品切の節はご容赦下さい

上坂冬子・佐藤愛子

冬子の兵法　愛子の忍法

〝秋晴や古稀とはいえど稀でなし〟愛子会心の一句を、〝この土手にのぼるべからず警視庁〟なみと評す冬子。そこまで書くの？　喜怒哀楽ところかまわずコンビの往復書簡エッセイ集。

さ-18-7

佐藤愛子

血脈　（全三冊）

物語は大正四年、当代随一の人気作家・佐藤紅緑が新進女優を狂おしく愛したことに始まった。大正から昭和へ、ハチロー、愛子へと続く佐藤家の凄絶な生の姿。圧倒的感動の大河長篇。

さ-18-8

佐藤愛子

犬たちへの詫び状

犬は犬らしくあれ！　「怒りの佐藤」は大の動物好きだが、間違っても猫っかわいがりはしない。雑種の駄犬を飼い続けてきた著者の、愛子式動物の愛し方とは？　赤裸々動物エッセイ。

さ-18-11

佐藤愛子

冥途のお客

岐阜の幽霊住宅で江原啓之氏が見たもの、狐霊憑依事件、金縛り体験記、霊能者の優劣……。「この世よりもあの世の友が多くなってしまった」著者の、怖くて切ない霊との交遊録、第二弾。

さ-18-13

佐藤愛子

佐藤家の人びと

――「血脈」と私

小説家・佐藤紅緑を父に、詩人サトウハチローを兄にもち、その家族の波瀾の日々を描いた小説『血脈』。一族の情熱と葛藤を、執筆当時を振り返りつつ、資料や写真と共にたどる一冊。

さ-18-14

佐藤愛子

わが孫育て

「あの人、結婚しないで、どうして妊娠したの？」テレビを見て根掘り葉掘り質問する六歳の孫との攻防戦を始め、日常のことからお金のこと、国家の一大事まで、歯に衣着せぬエッセイ集。

さ-18-16

佐藤愛子

老い力

いかに上手く枯れるか！　著者50代から80代の現在まで、折に触れ記した「老い」についての〝超〟現実主義な言葉たち。読めばなぜか心が軽くなる、現代人必読、傑作ユーモアエッセイ集。

さ-18-17